デイメンション
ウェーブ 3
急かしてくる。
Aneko Yusagi
アネコユサギ
illustration 植田 亮

「輪《りん》舞《ぶ》零《ぜろ》ノ型・雪《せっ》月《げっ》花《か》！」
「紅《く》天《てん》大《だい》車《しゃ》輪《りん》！」
硝《しょう》子《こ》と紡《つむぎ》が畳みかけるように技を放つ。

「ま、夏の日差しが俺を呼んでるぜ！」
って感じでらるくがてりすと一緒に海岸へ……。

しぇりる、ロミナが弓で
援護射撃を行う。
狙うは……。

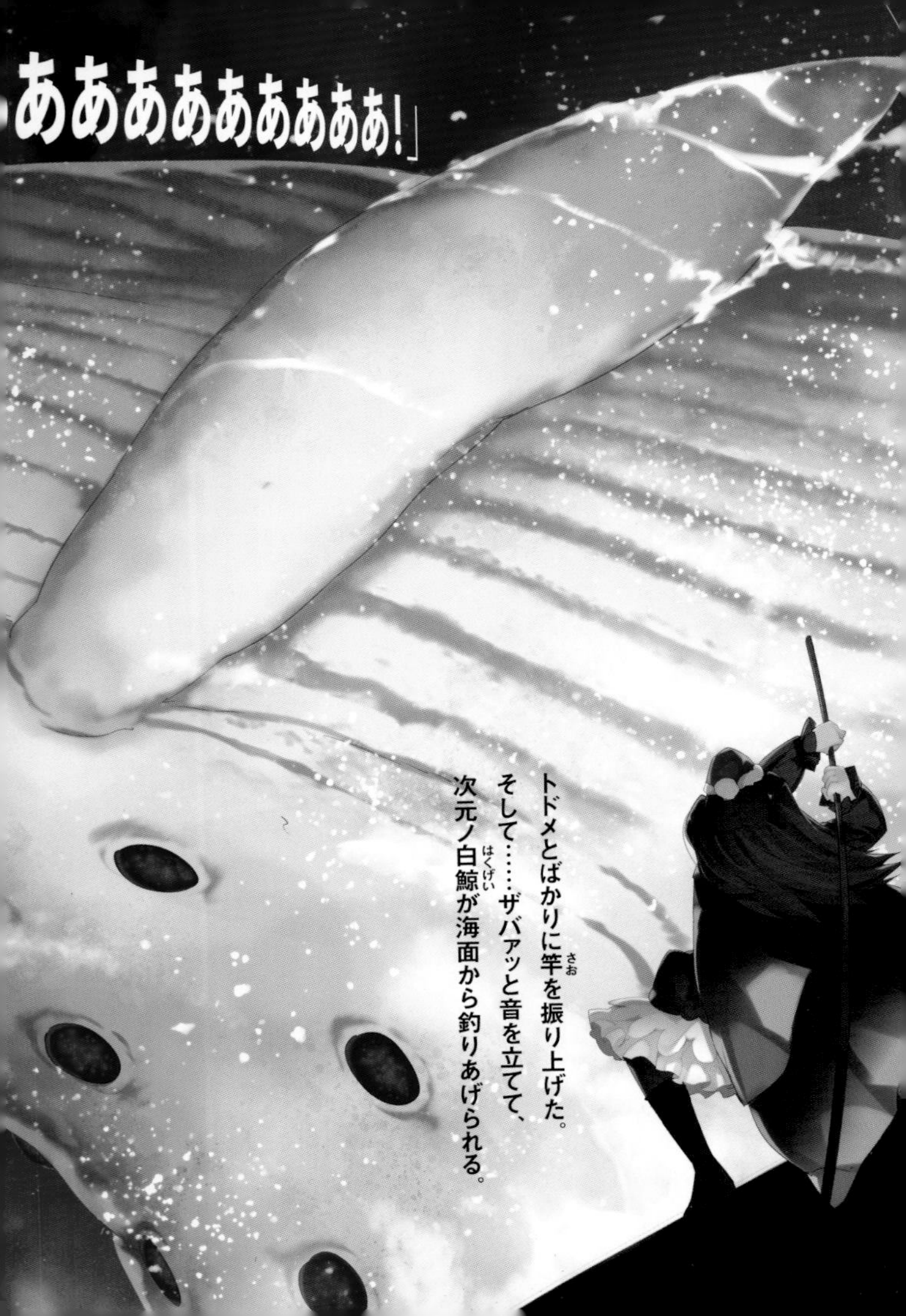
ああああああああぁ!」
トドメとばかりに竿《さお》を振り上げた。
そして……ザバァッと音を立てて、
次元ノ白鯨《はくげい》が海面から釣りあげられる。

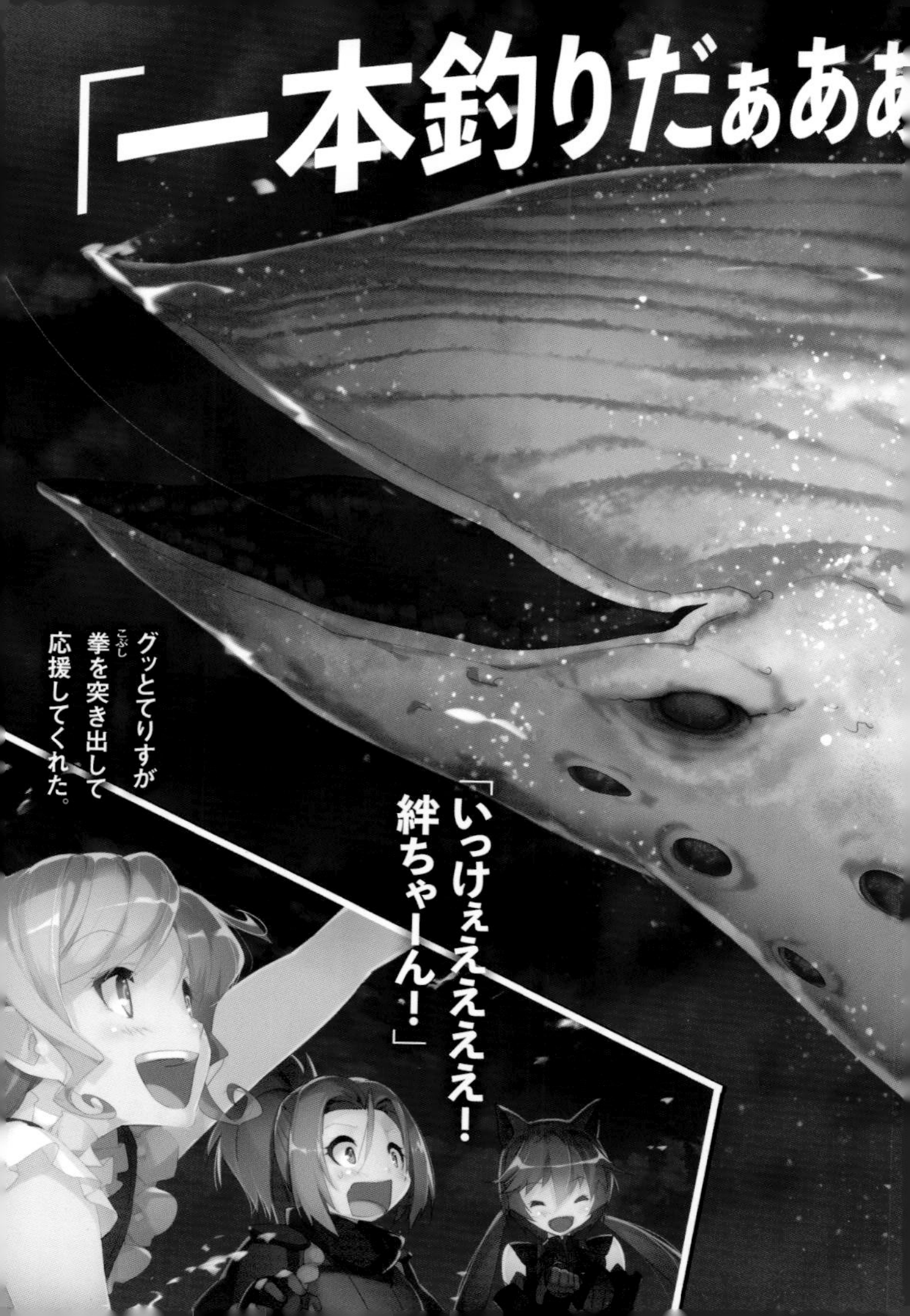
「一本釣りだぁああ
「いっけぇええええ！絆ちゃーん！」
グッとてりすが拳《こぶし》を突き出して応援してくれた。

CHARACTERS

ディメンションウェーブ 3

絆《きずな》†エクシード

「ディメンションウェーブ」に
参加した少年。種族は魂人《スピリット》。
姉妹のイタズラで
美少女アバターになっている。

紡《つむぎ》†エクシード

絆の妹。種族は亜人。
鎌使いの前衛プレイヤー。
天真爛漫《てんしんらんまん》で
面白いことが好き。

らるく

魚の取引で絆と親しくなった
男プレイヤー。気さくな人柄
で交流と探索を大事にして
おり、ゲーム内でも顔と知識
が広い凄腕《すごうで》プレイヤー。

函庭硝子《はこにわしょうこ》

扇子を武器に戦う。
種族は魂人《スピリット》。
やや浮世離れした
和風美少女。

てりす

らるくの彼女。不真面目に
見えて道徳は重んじる……
任侠《にんきょう》に熱い不良系。現実は
貴金属を扱うジュエリー店の
店員の仕事をしている。

しぇりる

生産系のスキルを使う少女。
種族は晶人《ジュエル》。
口数が少なく、静か。

ディメンションウェーブ　3

アネコユサギ

ヒーロー文庫

ディメンションウェーブ3

Illustration 植田 亮

CONTENTS

イラスト／植田亮
装丁・本文デザイン／5GAS DESIGN STUDIO
校正／佐久間恵（東京出版サービスセンター）
DTP／鈴木庸子（主婦の友社）

プロローグ　ペックルの笛

「ダンジョンのボスが初めて討伐されたペン！」

帰還すると同時に視界にそんな文字が大きく浮かび上がった。

島内放送ってやつ？

オンラインゲームだとよくあるサーバー全体への放送みたいなものだろう。

ダンジョンのボスを討伐かーとなると硝子《しょうこ》と紡《つむぎ》が倒した事になる。

俺も参加して倒したボス、キマイラとは違うんだろうか？

とりあえずみんなの所へ行ってみるか。

「ただいまーさっきダンジョンのボスが倒れたって放送が流れたんだけど」

倉庫前に寄るとアルトがいたので声を掛ける。

「君か……それは昨日の話だよ？　ダンジョンを出たから君にメッセージが届いたってところかな？」

「え？」

アルトが俺に向かって半眼《はんめ》で答えつつ質問してきた。

「ねえ絆《きずな》くん」

「なんだ？」

「君が出かけてから既に三日経過しているよ。ダンジョン内に何日滞在したのか聞きたいところだね」

うえ……ずっと滞在できると思ったらこんな落とし穴があるなんて思いもよらなかった。

硝子達がカンカンに怒っていないか不安になってくる。

いや、絶対怒っているでしょ。

「君がいつまでも帰ってこないから硝子くんが心配していたよ。まあ紡くんが『お兄ちゃんの事だからダンジョン内にずっといても経過は一日！って言って釣りをしているんだよ』と言っていたけど……どうやらその様だね」

さすがは俺の妹、考える事は読まれているか。

延々と続く某王国生活ゲームをやり込んだ俺ならこの程度造作もない。

じゃなくて、今はこのゲーム、ディメンションウェーブの話だ。

「で、何日いたんだい？」

「じゅ、十五日……」

「別の意味で凄《すご》いね。聞いた話だとそんなに広い場所じゃないだろうに」

「実は結構広いんだよ。縦に長いというか」

倉庫に釣りの成果と主《ぬし》以外を解体した素材を納品するとアルトが額に手を当てた。

この反応はアルトが冗談を言っている訳ではない様だ。

つまりインスタンスダンジョンでの五日が外での一日になるという事か。

よくよく考えたら無限に滞在できる訳ないよな……バランス的に考えて。

そもそも魚の変換率も悪かった。

セーフエリアが外と同じ時間の流れじゃなかったのが救いか。

「嘘《うそ》じゃないのが君らしいね。今、硝子くん達に連絡したから」

背筋が凍りつくけど説明はしなきゃいけないよなー……。

アルトはというとペックルの管理をしている。

よく見れば島での建物の配置が若干変わっている様な気がする。

道が完全に舗装されていて小綺麗になってきている。

俺がやっている時は村っぽかったのに、今は町っぽくなっている。

まだ発展途上って感じだけどさ。

「随分とペックルを入手してきた様だね」

「ああ、釣りの合間にさ、釣れるから」

「わかっているよ。ダンジョン探索にペックルを行かせると発見されるという話や何をするにしても見つかる事があるってね」

十五日……ではなく、三日いなかった間にもアルトは色々と把握している。

やはりこの手の仕事を任せたのは正解だったな。

「絆さん！」

まさに飛んでくる勢いで硝子と紡が俺達の所へ駆け込んできた。

「た、ただいま」

「いつまで経っても帰ってきませんし、連絡を取ろうにもダンジョン内じゃ通信できないみたいで、また行方知れずになったんじゃないかって気が気じゃなかったんです」

「ご、ごめんね」

こりゃあ心配かけちゃったか。

インスタンスダンジョンだから、別行動すると合流できないしな。

そもそも地底湖は一応ダンジョン扱いだしな。

「十五日ほどダンジョン内で釣りをしていたらしいよ」

「どれだけですか！　限度を知ってください！」

「どれだけいても一日だと思ったんだよ」

「限度はあるよね」

「潜り過ぎは危険……っと」

今度は三日か四日おきに帰った方がいいかな。

一日の判定がいつ計算されているのかが勝負だ。

「で……」

紡が見慣れぬ衣装を着ているので指差す。思えば島に呼んだ時とは完全に装備が違う。

「どう？　ダンジョンの最深部にいるボスを最初に倒した時にドロップした装備だよ？結構優秀でね、戦闘がかなり楽だったんだー」

「へ、へぇ……」

「ボスにいくまでにこれでもかというくらいエネルギーや経験値を稼げましたからね。とはいえ、既に私のエネルギーは限界値に至っているんですけど」

ん？　硝子が聞き慣れない単語を言う。

俺は最近、増えも減りもしない程度に調整しているからよくわからない。

「限界値？」

「ええ、スピリットのエネルギーは上限ラインがあるみたいです。その値に引っかかると上限突破の拡張をしないといけなくなる様ですよ」

「へー……」

考えるとありえる話だ。

スピリットは不利な部分はあるけど、使い方によっては最強にもなりうる。

エネルギーさえ気にしなければスキルを使い放題なのも理由だ。

そういう意味では限界値と追加スキルがあるのはパワーバランス的に当然と言える。

ありえるのは波ごとに上限ラインが上がるとかかもしれない。

「初見で挑む時は二人で大丈夫かな？　様子見しようかなと思っていたけど、思ったよりボスの動きが悪かったし、硝子さんが盾になって色々と往《い》なしてくれたからごり押しで倒せたんだ」

「だいぶパターンを掴《つか》めていますし、討伐したボスの解体もしたいので絆さんも来てください」

「わかった」

ボスの解体か……そりゃあ楽しみだ。

「ダンジョンをクリアしたんだよな？　報酬とかは？」

「ありましたよ。これです。攻略後に開いた奥の部屋の宝箱の中にありました」

硝子が俺に一本の笛を手渡してくる。

ペックルの笛
島の主《ぬし》が海岸で吹くとペックルの主を呼ぶ事が出来る。

「何これ？」

「さあ……私達では使用できないみたいで、絆さんなら使用できる様ですよ」

俺専用？　開拓を始めたリーダーしか使えない装備って事かな？

それにどういう訳かペックルの主を呼ぶのは海岸に限られるみたいだ。

「ま、絆くんが納品してくれた魚のお陰で当面の食糧問題は解決したよ。後は物資類の調達をお願いする」

経過報告によるとアルトはペックルの店で売っている設計図や物資を、所持していた資金でかなり買い占めたそうだ。

ただ、それでも足りないらしい。地味に高いのが原因だとか。

城や建物の建設をアルトは一定のラインまで妥協はしないスタンスに切り替えたみたいだ。

このあたりは何だかんだ言ってアルトも凝り性って事かな？

悪徳やっていた事を反省してって事なんだろうけどさ。しかし……城造りはどんだけ大事業なんだ？

「毎日島の採掘場で入手できる物資でもコツコツと開拓は出来るが、早めに終わらせたいだろ？　そういう事だよ」

ああ、なるほど。急がせている訳か。

「それじゃ実験に笛を吹きに行くか」

という訳で俺達は海岸へ向かう。

海岸では相変わらずしぇりるが船作りをしているようだ。

最近じゃマシンナリーと併用して漁船の作成に勤《いそ》しんでいる。

ソナー付きの船がいつ出来るか楽しみだな。

しぇりるが作業を中断して俺達の所へ来る。

「……おかえり」

帰ってきたのは察したみたいだ。

「ああ、ただいま。ちょっとこの笛の実験をしに来たんだ」

「わかった」

笛を見せるとしぇりるは頷《うなず》いた。

とりあえず……吹いてみよう。

お？　オートで手が動いて笛が鳴り響くぞ。

「「ペーン！」」

ペックル達が海の中で集まり、煙となって……一羽の巨大なペックルとなって姿を現す。

大きさは……十メートルくらいか？

「ペーン」

海岸で横になったまま巨大ペックルは背中に乗れというようにフリッパーで背中を指している。

「……」

みんな沈黙するしかない。

「わー面白そう！」

紡以外はな。

「とりあえず乗ってみるか」

「そうですね……いろんな仕掛けがこのゲームにはあるのですね」

さっさと乗り始める紡に続いて俺達もペックルの背中に乗る事にした。

けどしぇりるが若干しぶそうな顔をしている。

「船……？」

「あー……ありそうだ。ペックルカウンターみたいに笛で設定を弄《いじ》れるぞ。装備とかもさせられるみたいだ」

巨大ペックルが船の代わりとして乗せてくれる感じ、ただそうなるとしぇりるにとっては競合相手って事になるのか？

なんとなく嫌な予感がしたが、みんなで乗り込むと、俺の視界に出発の項目が出現。

「もしや島から出られるのか？」

そう期待して胸を躍らせながら出発を選ぶ。

すると巨大ペックルはなぜかクロールで俺達を載せたまま泳ぎ始める。

行く方角は頭側の羽毛を引っ張る事で操作するみたいだけど……島がどんどん小さくなり……やがてまた島が見えてきた。

そう、俺達の島が……。

「島から出られない！　いい加減出してくれー！」

第二都市の主《ぬし》を釣らせろー！

「落ちついてください、絆さん！」

「速度は出てる……負けられない。ううん……乗り心地のために船を改造するのも良い」

しぇりるが職人の目で見ている。

結果、この巨大ペックルに牽引《けんいん》してもらう船がのちに完成する……のはおいておいて、
俺達は海岸に戻ってきた。

全員が海岸に降りると巨大ペックルは煙となって消え、巨大ペックルを形成していたペックル達が散らばっていく。

「あはははは！　お兄ちゃんといると飽きないね！　こんな事が起こるなんて」

「笑うな！　運営に言え！」

変なイベントとアイテムを盛り込みやがって……俺に一体何をさせたいと言うんだ。

ともかく、実験は終了だ。

「そうそう、地底湖で主を釣ったんだった。しぇりる、あの地底湖は深そうなんだが素潜りで底まで行けると思うぞ」

「また行くのですか？」

「今度は五日くらいで帰ってくるさ。な、しぇりる」

「……のう」

しぇりるが視線を逸《そ》らしている。行きたくないのだろうか？

おいおい……しぇりると俺は同類だと思っていたのに。

「ダイバースーツと酸素ボンベを作って底まで行けば、別のマップやダンジョンが分岐しているかもしれないだろ？」

「気持ちはわかりますけど……」

「……チャレンジは重要」

しぇりるも冒険心はあるみたいだ。

そりゃあ新天地を目指す志を持つ仲間だもんな。

単純に長期滞在が嫌だっただけか。

一話　下級エンシェントドレス

「どちらにしてもダンジョンで物資調達した方がいいと思いますよ。島の方でも採掘はできますが、効率は段違いです」

「まあ、そうなるか。人数を多くすれば稼ぎも良くなるだろうし」

硝子達が俺の顔を見てビクッと震える。

釣りは気にするな。既にある程度は確保しているから！

「あのマップに隠しの採掘ポイントがあったから、採りに行くのはいいと思うぞ」

「ついでに釣りを五日するんだね」

アルト、お前は黙っていろ。

「その前にロミナに釣った主《ぬし》の素材を見てもらおう」

「ええ」

ロミナの工房に向かう。

おや？　施設の拡張がされている……前よりも大きくなってる様な気がする。アルトが指示をしたのかな？

「三日ぶりだね。釣りの成果はどうだい？」

「主を釣りあげたぜ！」

「毎度思いますけど、よく釣りあげられますよね」

「確かにそうだね。フィッシングマスタリーというだけで片付けるには不思議なくらいに絆くんは主を釣りあげていると思うよ」

「試行錯誤を繰り返しているからなー……その釣り場にあった餌や仕掛けを使えば案外引っかかる。ニシンに始まり、ナマズ相手に何度も敗北をしているんだぞ」

色々とエピック装備も出ているってのもあるに違いない。

「常時成功している訳じゃなくトライ&エラーの繰り返しなのは理解しているよ。それで今回はどんな素材かな？」

俺はシーラカンスを解体した素材をロミナに差し出す。

するとロミナは若干眉を寄せながら素材に目を向ける。

「ふむ……随分とレアリティが高そうな素材だね。上手く行けば良い武具を作れそうだ」

「今度は誰の装備を作ってもらおうかな」

島にいるみんなの事を考える。

「稼ぎを重視するんだったら紡あたりが適任か？」

「んー……お兄ちゃん、私の装備はダンジョンのボス素材で作ってほしいな。あっちの方が好みなんだ」

あれだけレア装備を欲しがっていた紡が殊勝な事を言っている。

きっと本当に好みな素材なのだろう。

紡の性格を考えるとおそらく中二感……男子中学生が好みそうなモンスターだ。

そういうのが好きなんだよな。コイツ。

「ふむ……となると硝子に予備、もしくは若干上位になるかもしれないけど持ち替えてもらおうかな？」

「いえ、私は特に困っていないので、絆さんかしぇりるさんが良いのではないかと思いますよ？　これからダンジョンに挑むんですし」

「……私は大丈夫」

しぇりるはエイハブスピアを持って答える。

防具はいいのか？　と思ったが、既にロミナに作ってもらったっぽい装備を着ている。

「正直、絆さんの装備を見直すべきではないでしょうか？」

「確かに……言ってはなんだけど、絆くんはケルベロスローター以外の装備はそこまで突出した物は持っていないのではないかな？」

「ケルベロスローターがあるし……」

「そのケルベロスローターも若干心もとなくなってきていると思うよ。お兄ちゃん、ダンジョンの深い所だと厳しいと思う」

「何だかんだ言って、紡くんもモンスターがドロップした優秀な武器を使っているんだ。絆くんの装備はそろそろ替え時かもしれない。幸い、島で採れた鉱石や素材でそれなりの物が作れるよ」

ふむ……それならしょうがないか。

出来れば装備に見合った優秀な人材に持たせた方が効率良いと思うのだけどなー。

「そもそも君が釣りあげた魚の素材だろう？　君が自分自身に使う事が本来正しいんだ」

「とはいっても、俺は釣りを優先しているし、竿《さお》を作ってもらったから文句は無いんだけど」

「適材適所に配る発想は尊敬に値するけどね。謙遜《けんそん》も度を過ぎれば嫌味になる。今回は妥協してくれ」

「……そうだな。わかった」

そんな訳で俺用の武具を作ってもらう事になった。

「まずは絆くん用のドレスを作るとしよう」

「う……」

女性ロリキャラでプレイしている事をすっかり忘れていたというのに……ここにきて思い出される。

そうだった。俺の外見は女キャラなんだった。

具体的には幼女。作り込みが凄《すご》い美幼女。

「なぜ言葉に詰まっているんですか？」

「さあ？」

首を傾《かし》げる紡に殺意を覚える。

お前の所為《せい》だろうが！　俺はネカマをする気は毛頭ないんだぞ！

「ああ、お兄ちゃん、今更ドレスを着る事に抵抗があるっていうの？　気にしなくていいのに。別にリアルで女装しろって言っている訳じゃないんだし、かわいさを追求すればいいんだよ」

「うるせー！　何がかわいさだ」

「お兄ちゃんだってゲームで女の子キャラ使った事あるじゃん」

「俺はかわいいと言われるのが好きなんじゃないの！　着せて愛《め》でるのが好きなの。自分が女の子になりたい訳じゃない！」

男ならわかってくれるはずだ。ゲームのキャラクターを女の子で作る事はあっても、自身の視点で見えない……女の子になりたい訳じゃない。

「まあ、絆くんの外見は随分と拘《こだわ》って作られているなとは思っていたけれど……」

「私とお姉ちゃんの力作だよ！」

「本来は筋肉マッチョ予定だったんだ！」

割と渋い感じの漁師をイメージして作っていた俺のアバターキャラクター……それが今や美幼女である。

気にしないようにしているけど、外見からしてドレスが似合うから装備する事になってしまうのだ。

「もっと男っぽい格好にすべきか？　ボーイッシュで良いだろ？」

「ふむ……絆くんには悪いが目の保養的に紡くん達の方に賛同したくなるよ」

「やったー！」

ロミナー！　覚えていろよ……絶対に忘れないからな！

「君がもしも筋肉マッチョだったらこの場にこのメンツが揃《そろ》ったかな？」

なんだと？　まるで俺が女キャラだったからみんながついてきたかの様な言い方だ。

……流行の萌《も》え系アニメじゃないんだぞ。

かわいい女の子がキャッキャウフフしていたから仲間が出来た、とかそんな訳ねーだろ。

そうであってほしい！

周囲を見渡すとみんな視線を逸《そ》らしやがった。硝子だけは視線を逸らさずにいてくれたのが唯一の救いだ。

「今の絆さんの姿だからこそ、出会った際に話しやすかったのは間違いないかもしれません」

……素直な感想は時に人を傷つける事もわかってほしい。

まあ、このゲームは男女による差の問題は無いんだけどさ。エッチな事は出来ない。あくまで外見ってだけでしかないんだ。

「コホン……じゃあ防具のドレスを作るとしよう」

「鎧《よろい》とか、もっとゴツイ装備に出来ないのか？」

「出来なくは……出来ない」

「今言い直したな？　出来るんだな？」

どういう事だ。なぜみんなで俺を愛《め》でる方向に話が進んでいる。

「まあまあ、絆さん。私も絆さんの今の格好は気に入っていますし、どうかドレスを着てくれませんか？」

「硝子、お前もか」

「君は元々釣り人だろう？　重装備の戦士ではないはずだ。見た目に拘《こだわ》るのは良い事だと思うよ」

なんとなく言い分は理解できる。腑《ふ》に落ちない点はあるけれど、わからなくもない。

鎧系の装備は重量が増えて動きづらいらしいしな。

釣りをする、という目的を加味するとやはり軽装が望ましいだろう。

「お誂《あつら》え向きに、古代魚素材で作れるドレス……布系防具に釣り補正があるみたいだ。鎧だと別の物になるがいいかい？」

「……はぁ、わかったよ。じゃあ頼む」

「武器も私が見繕《みつくろ》う。残念だけど釣竿《つりざお》は作れそうにないがね」

大鯰《おおなまず》の竿があるからいいだろ。つーか、これが俺の武器みたいなものだ。

そんな訳でロミナが武具作成に挑んだのだけど。

「む!?」

ドレス作成をしていたロミナが声を漏《も》らした。

それからしばらく作業に没頭している様だったけど、顔色が悪い。

作成で発生するミニゲームの類《たぐい》と裁縫にかなり集中している様だった。

やがてがっくりと肩を落として俺にドレスを一着手渡す。

「すまない……少々失敗して予定とは異なる物になってしまった」

「ロミナが失敗するとか珍しいな」

前線組の筆頭鍛冶《かじ》師だった訳で、島に来てからも鍛冶をずっとしていた。そんなロミナが失敗とか、それこそ珍しいだろう。

「見立てでは問題が無かったのだが……見通しが甘かった様だ。作成が始まった瞬間、これは厳しいと感じたよ」

なんとなくわかる気がする。俺も別のゲームをやった時に、出来るだろうと思った事が予想よりも難しくて失敗した事があったしな。

「この古代魚の素材はかなり高位な素材だったみたいでね。ナマズの比ではなかった。素直に私の技術レベルよりも必要なものが多かったんだ」

かなり悔しげにロミナはドレスを見て言っている。

「作成を始めた途端に正体を現して、どうにか形にするので精一杯だった。もしも自力で確保した素材だったならとても渡せない。確認してみてくれ」

「は、はあ……」

そう言いながら俺はロミナに渡されたドレスを広げる。失敗して消失するよりはマシなものって事だろうか？

下級エンシェントドレス

多少フリルの付いたドレスだ。フィッシングパワーという補正はしっかりと付いている。

下級という所がロミナの言う失敗だろうか？

「下級の割に装備できないんだが……」

今の俺では装備する事もままならないほどの必要ステータスだ。

これで下級って、ロミナが失敗せずに作れたらどれだけの品になるんだ？

硝子の話を参考にすると、俺のエネルギー面でのステータス上昇はもう少し見込めるはず。

それを加味しても、限界ギリギリで装備できるってところだぞ。

「失敗したから必要ステータスが高いのか？」

「いいや……そこは変わらないだろうね」

「マジか……こりゃあ扱いきれないな」

素材のレアリティが高過ぎて出来上がった装備品を使いこなせない。

こりゃあ、もう少し待っていた方が得策だな。

というか、シーラカンスの素材がそんなにレアだという事は、シーラカンス自体がレアだったのかもしれない。

主《ぬし》という訳ではないのに、引っかかる確率も相当低かった。

十五日も潜っていた訳だし、確率的に考えて相当低く設定されている。

もしかしたらフィッシングマスタリーの数値が足りないと引っかかりづらいとか、そういう判定があるのかもしれない。

あるいはマップの性質上、長期滞在できるから確率が低いとか、考えはいくらでも出てくる。

「はぁ……」

おや、ロミナが溜息《ためいき》を漏《も》らしている……気にしているみたいだ。

責任感が強いんだな。別に失敗したからって怒ったりはしない。人によっては怒るだろうけど俺の目的は釣りであって装備じゃないんだ。

「気にしないで良いよ。とりあえずがんばれば装備できそうだから受け取っておくさ。しっかりと作れる様になったら武器も頼むよ」

「ああ、任せてくれ。これは私の意地だ。絶対に素晴らしい物を作りあげて見せよう」

「わー……ロミナさんでもこんな事あるんだね」

「私自身も驚きだよ。ここまで作成難易度が高い代物《しろもの》があるなんてね。この先のアップデートでどれだけ限界が上がるか恐ろしい話だ。もっと精進するとしよう」

失敗をする事でより高みを知る事が出来る。そもそもこの手のゲームはアップデートした際により難しく……難しくし過ぎて新規のプレイヤーが追いつけないなんて事もあるくらいだ。

ディメンションウェーブは新規のプレイヤーはいないけど、それでも今までのプレイから転向するプレイヤーも出てくるだろう。

その時に、どう追いつけるようになっているかがゲームバランスの見せ所だろうか。

「さてと、じゃあ装備はある程度妥協しなきゃいけない訳で、出発の準備をするとしようか」

「待ってくれ、失敗の穴埋めという訳じゃないがね。絆くんには是非とも受け取ってもらいたい武器がある」

ロミナはそう言うと俺に……ミラカボウという弓と矢筒《やづつ》をくれた。

「弓？」

「ああ、ダンジョン内で硝子くんと紡くんと一緒に戦うのは、あまり戦闘が得意じゃない絆くんでは厳しくなっていくだろう？　なら援護に徹する意味でも弓は覚えておいて悪いものじゃないと思うのだけどどうかな？」

弓か……そういえば開拓業務に狩猟があった覚えがある。

ペックル達と一緒に狩猟するのも悪くないかもしれない。罠《わな》でもついでに覚えれば、釣り以外での食料確保も出来る。

俺はモンスターを倒して強くなるんじゃなくて、落とし穴とかの罠で狩猟をして肉を確保したい。

解体もそこで役に立つし……うん、良いかも。

「魔法を覚えるのも手だけど、どっちがいいかい？　その場合、魔法用の武器を作るよ」

「んー……」

魔法はなー……地味に技能習得の条件が多くて、釣りとかの趣味技能に割り振る隙《すき》が無い。

言い換えればスキルやエネルギー的に重たい。その点で言えば、まだ弓の方がいいかもしれない。

罠《わな》とか面白そうだし、かご漁にも興味がある。釣りと罠の両方のスキルが関わるっぽい。

「魔法か弓かと言われたら弓かな。だから弓で行くよ」

本腰を据えてやるなら魔法も良いけど、今の俺は趣味人だから必要ない。

「アレ？　弓の技能が習得できる」

フィッシングマスタリーをしていたら取得条件が現れた。

今まで弓なんて使った事は無いはずだが？

何かの派生とかか？

「船で戦っている時、しぇりるさんと一緒にバリスタを使っていた事がありましたよね？

その経験からでは？」

「あー、なるほど」

バリスタの効果も上がるなら悪くないな。

じゃあさっそく覚えておくか……という訳で弓の技能を少しばかり振る。

「弦《げん》を引き絞って矢を放てばいいんだよな?」

リアルの俺は弓なんて持った事もない。

とはいえフィッシングマスタリー同様、覚えれば命中補正とかも掛かるだろう。

「そうらしいね。絆くんなら使いこなせると思うよ。このゲームにフレンドリーファイアは無いから矢が保《も》つ限り撃てば良い」

ああ、硝子や紡へ当てる心配は無用って事ね。

「ダメージは無いけど、若干仰《の》け反《ぞ》り判定はあるから程々にね」

「その点も考えて少しずつやっていきましょう」

そんな訳で俺達はダンジョンへ物資調達に出かける事にした。ついでにレベル上げというか、エネルギー稼ぎもする予定だ。

「今回は私も同行させてもらうよ。何かあったら言ってくれ、装備の調整くらいは出来る」

ロミナとしぇりるも同行する手はずになったぞ。

で、硝子と紡の導きのもと、俺達は地下80階から始める事になった。
20、30階でオロオロしていた立場的にちょっと緊張する。
「見た目は同じモンスターでも強さは段違いなんで気を付けてくださいね」

「とはいっても60階辺りとそこまで差は無いけどね」

「はいはい」

「お兄ちゃんは後ろから援護してくれていればいいよ」

「おう！」

そんな訳で俺は硝子と紡が戦うモンスターの群れを遠くから矢でペチペチと援護射撃を送る事を繰り返した。

しぇりるは相変わらず中距離から銛《もり》で突いていて、安全圏をキープ。

というか……硝子と紡がダンジョン内での戦闘慣れしているのか、出てくるモンスターをどんどん屠《ほふ》っていくな。

やっぱ戦闘センスが高い奴と俺とでは反応に違いが出ていると実感する。

矢で出来る限り安全な所から射抜く作業を繰り返していると、ボウマスタリーの熟練度が上がって割り振る。

不要になったら下げれば良いかと思ってレベルを上げたら与えるダメージが少しずつ上がっていって、弓が軽くなった様に感じてきた。

「絆さんが弓を使って援護をしてくださって助かりますね。ただ……ルアーを使っている時の方が生き生きしていると思いますよ」

キマイラ戦の時の事を言っているな。ヘビの頭にルアーを食わせて隙《すき》を作ったもんな。

「ルアーでの戦闘かい？　ふむ……」

「あくまで引っかけたりするだけ。弓とはまた扱いが違うからロミナは気にしなくて良い」

「そうかい？　確かに専門外なんであまり深く入れないところだが……島の外に出られるようになったら職人を探してみるとしよう」

割とそれは非常にありがたい。

俺にとってはルアーの方が釣りで使えるし、武器って感じがして良い。

なんて感じに雑談をしながら戦い、硝子と紡が稼いでくれたエネルギーで下級エンシェントドレスを着用できるまでエネルギーが溜《た》まったのでさっそく着てみる。

「わーゴシックなデザイン。よく似合うよー」

「あのな紡、俺は別にドレスを着て似合うと言われても嬉《うれ》しくもなんともないぞ」

「またまたー。実は嬉しいんでしょー？」

……うざい。やはりリアル妹は鬼門だ。妹に萌《も》える奴の気持ちが理解できない。

何故俺はコイツをパーティーに加えてしまったんだろうか。

いや、勝手に密航してきたんじゃなかったか？

まあいい。過ぎた事だ。この島に呼んだのは俺だしな。

しかし、だからと言って言い返さない訳じゃない。

「もっとオーバーオールとか動きやすい格好でも良いくらいだ。釣り人なんだからな」

「えー！　もったいないよー！　せっかく今のでかわいーのに！」

「やかましい！」

「それはそれで似合いそうだとは思いますけど……」

「ウェーダーの事を言っているのかな？　私の知る限りそれらしい装備は今のところ無いな」

「ウェーダー？」

「おそらく絆くんの脳裏に浮かんでいるのはオーバーオールとそれだと思う」

なんか魚屋あたりが着てそうな濡《ぬ》れても大丈夫そうなゴム製の胸まであるズボン。あれってウェーダーって言うのか。知らなかった。

「あったら絆くんが着そうではあるが……」

「駄目だよ。見た目が台無しじゃん」

「何が台無しだ！」

「日常系のアニメとかで出てきそうだけどさ、まだ早過ぎるよ！」

俺を使って日常アニメを想像するな！　なんだ？　女の子達がウェーダー着用して釣りをするアニメってか？　なんか探したらありそうだな。

「いいから戦え！」

「はーい。だけどお兄ちゃん。見た目は大事なんだから注意するんだよ。女の子ってのは見た目を気にするんだから」

「俺は男をやめたつもりは無い！」

「……」

ここでしぇりるに目がなぜか行った。なんか笑っているような気がする。微笑《ほほえ》ましいとでも？

「アニメーション。日常」

……ああ、それっぽい一幕に見えたのか、あんまり拘《こだわ》らない方が良さそうだ。

エンシェントドレスに意識を向けて硝子に感想を求めよう。

その前に……硝子の言っていた通りエネルギーの限界値に達してしまって、エネルギー限界突破という技能が出現した。

とりあえずⅡまでは振れそうなので取得しておこう。

スキルの効果的にしょうがないが、マナの消費量がかなり多かった。

「言い争いは関与しませんけど、絆さん、似合いますよ」

「……うん」

硝子としぇりるが着替えた俺を褒める。あんまり見た目に拘っていないから良いんだけどさ。

ふむ……確かに釣りに関して補正が掛かるみたいだ。

フィッシングパワー＋50と書いてある。

この効果がどの程度かはわからないから、後で釣りをして確かめないとな。

「この装備ってどれくらいの性能なんだろう？　今までの装備より遥《はる》かに高性能なのはわかるけどさ」

下級エンシェントドレスの性能は硝子からもらった装備の五倍くらいある。

「じゃあモンスターの一撃を一度受けてみたら？　さっきも被弾してたでしょ？」

「ああ……かなり痛かったたな」

弓で安全な場所から撃っているけど、それでも被弾する事くらいある。

何だかんだ言ってここは地下80階よりも下なのでモンスターの一撃も痛い。

若干、マイナスになるだろうけど、それを覚悟しないとどれだけ受けるダメージが減ったかわからない。

そんな訳で出てきたモンスターの攻撃をわざと受けてみる事にした。

前と同じくシトラスジェリーの突撃を受け止める。ペチッて感じの音がした。

「……」

ダメージ量少な⁉

ケルベロススローターでタコ殴りをするとごり押しで倒せて、ダメージ分の赤字より稼ぎ、黒字を叩《たた》き出せた！

「わお！」

「すげー！　全然痛くない！　雑魚《ざこ》を蹂躙《じゅうりん》できる！」

「性能が高いのはわかりましたけど、絆さん……」

「お兄ちゃん、言い方ってものがあるよー」

「硝子もこれ着て戦ってみない？　敵が雑魚化して効率良いんじゃないか？　硝子の装備を俺が使うからさ！」

「えーっと、魅力的な提案ですけど、絆さんが使用していてください。私のもそれなりに防御力はありますので」

「むしろお兄ちゃんってなんで古い防具をいつまでも使っていたのか不思議だよね。それなりにゲーマーなのに」

くっ……スピリットは媒介石とか別枠の防具があるお陰でダメージ計算が複雑なの！

そもそも硝子のくれた防具がかなり優秀だったのも理由なんだぞ。

ちょこちょこと買い換えるくらいなら一気に買い換えた方が強さを実感できるだろ！

「船上戦闘あたりではどうにか出来ていましたしね……あの頃の装備では頼りないくらいの難易度になってきているのは事実です」

「一気に強い所に来ちゃった弊害かーまあ、どうにか出来たなら良いんじゃない。この点で言えばスピリットは有利だよね」

「……そう」

「そんな訳で絆さんを守るために意識を向けなくて良いなら私達ももっと前に出て攻撃できますね」

「だけどお兄ちゃん。わかってると思うけど、さすがにボス相手に棒立ちになっていたら痛いじゃ済まないからね」

「そうだね。いくら装備が強力だといってもそこまで頑強ではないので注意してくれ」

「わかってるよ！」

そんな訳で俺達はダンジョンを潜っていった。

そして地下１００階に到着。なんか重厚な感じの扉があるなぁ。

「この先にボスがいるのですよ」

「ダンジョンを入り直せば復活するんだよな？」

「ええ」

「ちなみにどんなボスがいるんだ？　紡の装備を見てもよくわからなくてさ」

なんとなく黒曜石《こくようせき》っぽい素材で作られた鎌が気になる。

ここまでの活躍を見るに結構攻撃力がある様だけど……。

「ドラゴンゾンビだよ、お兄ちゃん。結構大きいからお兄ちゃん程度でも遠くから的に当てられるよ」

二話　ドラゴンゾンビ

「紡、どうしてお前はそう俺に対して挑戦的なんだ？」

「そりゃあ、これまでの道でお兄ちゃんが外した数からかなールアーなら正確なのにね」

う……確かに、弓矢で援護射撃して、外す事が多かったけどさ……。

マスタリーが未熟なんだからしょうがないんだ。ここにきて器用貧乏の悩みが浮上してきたな。

しかしドラゴンゾンビか。中々強力そうなボスの名前だ。勝てるらしいけど怖い所だな。

「まあまあ、絆さんとしぇりるさんは危ないから距離を置いて遠くから攻撃をお願いしますね」

「……ＯＫ」

しぇりるもロミナからもらった弓矢に持ち替えている。

「何だかんだ言って私達でも時間がかかるボスです。なので気を付けてください。下手に被弾すると冗談じゃ済みません」

「わ、わかったよ」

硝子が大鯰《おおなまず》の扇子を持って、呼吸を整える。

「それでは……行きましょう」

そう言って、重厚な扉に手を掛けて中に入る。若干大きな広間に出る。

地下闘技場とでも言うかの様な広さのある場所だ。

そんな場所の真ん中に……虫が群がる何かがある。

硝子と紡は俺達が前に進まない様に手を広げて制止させ、素早く駆け出す。

すると虫が群がる何かから黒い煙が出現、虫が羽ばたいて飛んでいったかと思うと黒い煙が散った黒いドラゴンの死骸《しがい》に集約して、ドロドロの黒いドラゴンの死骸が起き上がる。

「GAOOOOOOOOOOOOOOOOOOOOOOOOOOO!」

凄《すご》い咆哮《ほうこう》に思わず耳をふさぐ。

迫力が物凄い……コンシューマーゲームだったらPVが入っているはずだ。

ボスの名前はドラゴンゾンビ。

どう見ても今の俺達よりも遥《はる》かに格上……とはいっても、硝子と紡の二人でも倒せた敵らしい。

大きさは全長十メートルはある。矢で外す方が難しい大きさだ。

大丈夫なのか？　と思いつつ、弓で遠くから狙撃を繰り返す。

遠目で確認すると攻撃パターンが若干見えてくるな。

頭を大きく上げてからの噛《か》みつき、叩《たた》きつけ、ブレス。

羽を大きく広げたら羽ばたきと瘴気《しょうき》を放出。

尻尾を何度か振りまわしたら叩きつけと回転攻撃……かな？

ブレスは遠くにいる俺達に向けても飛ばしてくる様だ。

「は！　乱舞《らんぶ》四《よん》ノ型《かた》・白羽返《しらはがえ》し！」

硝子が器用に何度もカウンターの構えを取って往《い》なし、その隙《すき》に紡が鎌を振りかぶって攻撃を繰り返す。

避けるのは難しいって事なんだろう。途中途中で紡はポーションを服用してスタミナを維持……するみたいなんだけど。

「お兄ちゃん達！　弾幕薄い！」

「弾じゃなくて矢な？」

などと突っ込みながら指示された通り、出来る限り安全を維持したままペチペチと攻撃を繰り返す。

繰り返しているんだが……なんだろう、モンスターをハンティングするゲームを紡と奏《かなで》姉さんとでやらされている時と同じ気分になってきた。

こう……ドスとかジーとかそれくらいのランクを弱い装備で戦っている様な感覚。

「死の舞踏！」

紡が波でも使用していたお得意の戦闘技を放ち四連続の斬撃が響く。

バシンバシンと大きなドラゴンゾンビの全身にダメージエフェクトが入ったな。

「GAOOOOO!」

あ、ヘイトが紡に向かったみたいで、ドラゴンゾンビが紡の方を向く。

その隙を突くように今度は硝子が技を放つみたいだ。

「輪舞《りんぶ》零《ぜろ》ノ型《かた》・雪月花《せつげっか》」

硝子の周りに雪が発生し……三日月の背景が映し出されて桜の花が散る。

すっげー派手なエフェクト！　硝子の見た目や踊っている様な戦い方に凄《すご》く映える！

凄い大技！　派手過ぎてカッコイイと素直に称賛してしまうぞ！

ドラゴンゾンビの全身に何度もダメージエフェクトが入っている！

「すげー！　硝子の技カッコイイ！」

「き、絆さん、感心してないで援護射撃をもっとしてくださると嬉《うれ》しいのですけど」

「あ、そうだった！」

そんな訳でペチペチと俺としぇりるが後方で何度も矢を放っている訳だけど……十分くらい経過した頃に俺は、ドラゴンゾンビに狙われたので回避してヘイトが変わるのを待つ。

　距離があればその分、硝子や紡がボコボコに殴って、ヘイトが戻る。

「なあ、二人とも……これ、いつまで続くんだ？」

「えー……」

「まだ三分の二にも至らないよ、お兄ちゃん。半分まで減るとモードチェンジするもん。なんかフィールド展開して周りが青白く光るんだよ。その後は地震攻撃が加わるの。硝子さんのお陰で無力化できるけどね」

うえ……まだまだ続くのかよ。そういえば闇影《やみかげ》と出会った時に見たボスも地道に殴り続けて倒したっけ。

　というか、どんだけタフなんだ。

　矢に火でも灯《とも》して撃ったら燃えあがったりしないかな？　そう思って矢筒《やづつ》に手を伸ばすと……空振った。

「ゲ！　矢が切れた！」

「すまない。予想よりも消耗が多かった様だ」

「しぇりるさんからもらってください！」

　しぇりるとは少し距離がある……しかもしぇりるやロミナの矢筒を見ると、俺に渡すと心もとない本数しかない。

くっそ……もっと戦闘に貢献する手は無いか。矢で援護射撃していてもキリが無いだろ。

そりゃあ戦闘が得意な硝子や紡は失敗もせずに戦いを継続できるだろうけど、俺はいつ失敗するかわからない恐怖がある。

ここって元々もっと大人数で挑むダンジョンなんだよ。

地道に攻撃して最終的に倒せる硝子と紡が凄《すご》いんだって、幽霊船みたいな特殊なギミックがある訳じゃないし。

エネルギーブレイドで一気に仕留めるとかも手だけどさ。

弓矢での戦いも悪くはないけど……このまま戦っているとしぇりるの矢が尽きるのも時間の問題だ。

……よし！

俺は釣竿《つりざお》を取り出して光のルアーを装着、スナップを掛けて、ドラゴンゾンビの頭目掛けてルアーをぶつける。

「お兄ちゃん。またルアーを使う感じ？」

「絆さんのルアーで何か変わった事が起こりそうですね」

「二人の期待に応えられるかわからないけど、こっちの方が俺らしいか」

バシンと良いエフェクト！　ドラゴンゾンビが仰《の》け反《ぞ》った。

「あー……お兄ちゃんの使っている竿《さお》って硝子さんの武器と同じく大鯰《おおなまず》の素材で作られた物だよね。しかもそれって光のルアーでしょ？　アンデッドであるドラゴンゾンビには良いダメージが入るのかも」

お？　ヘイト&ルアー以外で技能が出現したぞ！　急いで習得！

ルアーを投げて当てるのは地味に大変だけど、的が大きいからどうにかなりそうだ！

「ルアーダブルニードル！」

ガツンとドラゴンゾンビに攻撃が命中したけどエフェクトは無く、引っかかった。

攻撃スキルじゃない？

「と、とにかく攻撃します！」

硝子がドラゴンゾンビに向かって技を放つ。

すると今までよりも更に強いエフェクトが出て、ルアーの針が抜ける。

クールタイムが長いな。

「もしかしてそれって……」

「ああ、一回限りダメージを倍化させるスキルかもしれない」

「ほう……アレが釣竿での戦闘なんだね。中々侮《あなど》れない性能をしてる様だ」

針が刺さっている間に与えるダメージが増える的な。

俺は遠距離から釣竿を振るってドラゴンゾンビに攻撃を繰り返す。

が、フィッシングマスタリーの補正や光のルアーで攻撃力が上がった所為《せい》でヘイトが増していて、俺が狙われる頻度が上がる。

硝子と紡がその隙《すき》を突いて今までの若干防御寄りの戦いから攻撃寄りにシフトした猛攻が続く。

というかこの光のツアー……いろんな所で役立つな。

光属性万歳。

やがて辺りのフィールドが青白くなり、モードチェンジしたのがわかる。

ガラガラと地面が揺れて、その度《たび》に立っているのが難しくなってきた。

こりゃあかなり厳しいぞ。

しかもドラゴンゾンビの奴、羽ばたいて辺り一面に毒のブレスを吐き散らす攻撃をしてくるというおまけ付き。

「封震《ふうしん》の剣！」

硝子が扇子を剣にして地面に突き刺すと……地震が収まり、回避しやすくなった。

「一定時間、地面系の攻撃を無効化できます！　今です！」

ドラゴンゾンビが大技を放ったからか、隙だらけになっている。

今、攻撃しろって事か。

本来は地震でこっちも動けない所為で攻撃時間が短いのだけど、対地震装備を持っていた硝子のお陰で余裕と。

「絆さん！　お願いします！」

「おう！　ルアーダブルニードル！」

ドラゴンゾンビの喉辺《のど》りにルアーを食いこませて硝子が攻撃をチャージする。

「お兄ちゃん。私も合わせるよー！　前より楽に倒せそうだね！」

紡も硝子と合わせて攻撃を放つ様だ。

「輪舞零ノ型《りんぶぜろかた》・雪月花《せつげっか》！」

「紅天大車輪《くてんだいしゃりん》！」

硝子と紡が畳みかけるように技を放つ。更にいつの間にか接近していたしぇりるが時間差で攻撃をした。

「ボマーランサー」

「私も行かせてもらおう。ボーンクラッシュ！」

ドラゴンゾンビの硬直が解除されるまでの間に俺達は畳みかけ、更に弱らせる。

後は半《なか》ば作業だったかな？　HP低下により凶悪化したドラゴンゾンビだったけど、硝子と紡のお陰で対処する事が出来た。

俺の方もエンシェントドレスのお陰でダメージを軽減できたからな。

途中で脱げそうになって危なかったけど……コレ、訂正しないと俺が変態じゃないか？

エネルギーが減って脱げそうになっただけだ。

ダメージを受ける度《たび》に破けてサービスシーンになる訳じゃない。

そもそも脱げても、残念中身は男ですよー！　と声高々に叫んでやる。

「GYAOOOOOOOOOOOOOO――」

やがて……ドラゴンゾンビは一際強い咆哮《ほうこう》を放った後……土煙《つちけむり》を上げてその場に倒れた。

「ふう……前よりも手早く倒せたね。お兄ちゃんも地味に役に立ったし」

「お前は一言余計なんだよ」

「損耗も少なく、良い勝利だと思いますよ」

「……ブイ」

「勝利できて何よりだ。君達は頼もしいな」

で、ドラゴンゾンビがポロッとアイテムをドロップする。

えーっと……腐竜《ふりゅう》の核か。邪剣《じゃけん》ラースブレイド？

装備可能レベルというかエネルギーが随分と高めだな。

性能はそこまでは……ってところみたいだ。

「最初に倒した時も落としたけど……ドロップ率高めなのかな？」

「ロミナさんに打ち直して鎌にしてもらいましたよね」

「む。素材にする事は出来たからどうにかね」

「俺達の中で剣を本腰で使う奴っていないしな。キマイラヴァイパーシールドも盾を使う奴いないし」

「両方ともお姉ちゃんかなー？」

「あー……確かに」

奏姉さんってあんまり突出した武器選ばないもんなーもしくはいろんな武器を効率よく使いこなしていくタイプ。

最終的に癖の無い剣とかに収まる人なんだよね。

まあ、どうするかは後回しにするか。

「ほんじゃさっそく解体するぞ」

「お兄ちゃん、よろしく！」

「はいはい」

そんな訳でドラゴンゾンビの解体を俺は始める。

よくよく考えてみればドラゴンなんて現実に存在しない生き物をどうやって解体するんだとは思うけど、とりあえずとばかりに腹をケルベロススローターで切り裂いて、身と骨を切り分けていく。

元々死骸《しがい》だったからか、討伐後の身はかなり柔らかくなっている。

それでもドラゴン故に素材の質は硬そうだけどさ。

腐竜《ふりゅう》の骨、腐竜の腐肉《ふにく》、腐竜の逆鱗《げきりん》、腐竜の核、腐竜の翼膜《よくまく》、腐竜の角《つの》、腐竜の牙《きば》、腐竜の頭骨、腐竜の骨髄《こつずい》……。

どっかのハンティングゲームの素材みたいだな。

「よーし解体完了」

「解体で新たに得た素材で何が作れるか、後で確認させてもらうとしようか」

「お願いします」

討伐後のフィールドを見渡すと扉があるのに気づく……確かこの先でペックルの笛があったんだったか？

そこまで行って探索完了というところだろ。

「この先にもまだ道があるので一応行きましょう。また何か収まっている宝箱があるかもしれません」

「あいよ」

武器を収めて俺達は先に進んだ。

三話　ブレイブペックル

ドラゴンゾンビを倒した先の扉を開けると……もう一つ部屋があった。

部屋の真ん中にはそれらしい模様がある。

ゴール？

「ここが最下層って事で良いのか？」

「一応、最下層だよ。何か仕掛けがあればもっと下もあるかもしれないけど」

「……あそこを見てください」

「ん？」

言われて硝子が指差す先を見る。

するとそこには二つの扉があるのに気づく。

一つはこれ見よがしに鍵穴がある扉、もう一つは鍵穴も無く閉まっている扉。

「どっちも開く気配が無いんですよ」

「ありえるのは何かしらのフラグを立てると開くってところかな？」

「お城を建てると開くとか？」

そのあたりだろうなー……。

「鍵穴付きの方はどこかで鍵が手に入ると思うよ。それこそお城を建てるとかかな？」

「マシンナリーで開ける」

「ありえるかもな。ジャッキとかで強引に開く仕掛けとか、実はスライドで開くかもしれないぞ」

そういった意地悪な謎掛けだってありえる。

このゲームってそういった工夫で思いもよらない効果が発生する訳だし、ルアーを敵に引っかけるとかかな。

鍵……そういえば。

「……そういや地底湖の主《ぬし》を釣った時に鍵を手に入れたっけ」

「お兄ちゃん言うの遅過ぎない？」

「紡、それはお前もだ」

こんな所に扉があるなんてお前も言ってない。ゲーマーの癖に兄妹揃《そろ》ってマヌケ過ぎだ。

「ははは、よく似た姉妹だね」

ロミナ、笑い事じゃないんだけどな。

「まあまあ。絆さん、試しに鍵を差し込んでみてはどうですか？」

「……チャレンジ」

「もちろんやるさ。つーか……鍵開けの技能があると鍵が無くても開けられたりしてな」

俺は古《いにしえ》の伝説の鍵を取り出して扉に差し込んで捻《ひね》る。

ロックが外れ……古の伝説の鍵は光となって消えた。

扉を押すと、ゆっくりと開く。

「何があるかなー？」

ボッと室内のたいまつに火が灯《とも》り、室内が照らし出される。

鍵を使って開いた部屋は……さっきまでいた場所によく似た間取りの部屋だ。

今度は完全に行き止まり……部屋の奥には四つの武器っぽいエンブレムが描かれている。

武器は……剣に槍《やり》に弓、そして盾かな？

これに追随する様に肉や魚が描かれている。魚は盾みたいだ。

で、真ん中にはこれ見よがしの宝箱。

「宝物庫ですか」

「みたいだね。ペックルの笛みたいに何か面白い道具でも入っているのかな？」

「何か優秀な武具でも良いな。とはいっても俺達が使っていない武器が出ると困るけど」

ロミナが困惑するほど優秀な素材だったシーラカンスを釣りあげて得た鍵だ。

物凄《ものすご》く優秀な武器が入手できても不思議じゃない。

「じゃあ……開けるぞ」

「うん」

「お願いします」

「……トレジャーハント」

ここでミミックとかに遭遇したら運営を絶対に許しはしない。

恐る恐る俺は宝箱に手を掛けて蓋《ふた》を開ける。

「ペーン！」

……声を聞いて思わず半眼《はんめ》となって飛び出したペックルを見つめる。

硝子や紡、しぇりるも若干がっくりとしているくらいだ。

なんだよペックルが入っているのかよ。

とは思いつつ、ここまで仰々《ぎょうぎょう》しい所に入っていたんだ。

何かあるだろうと飛び出したペックルを確認する。

「よくぞ古の伝説の鍵を入手し、ドラゴンゾンビを倒して封印を解いてくれたペン！」

おお、専用セリフ付きか。

えーっと……宝箱から出てきたのはなんか丸い宝石が埋まった盾を装備したペックルだった。

「俺の名前はブレイブペックルだペン！　これからよろしくだペン！」

「ブレイブペックル？」

「ペーン！」

そう言い終わるとブレイブペックルとやらは他のペックルと同じく、姿を消した。

説明は無しか。

「何でしょう？」

「他のペックルとは違うのかな？」

「……ブレイブ、勇気」

「うーん……まあ良いや、とりあえずもう片方の扉を調べて特に何も無い様だったら帰ろうか。ブレイブペックルに関しては帰ってからで良いでしょ」

「了解ー」

「そうですね。ペックルですからアルトさんに報告しましょう」

ペックルの管理はアルトに任せているもんな。

こんな仰々《ぎょうぎょう》しい場所で手に入ったのがペックル一羽とは……などと思いつつ室内を調べたが、それらしい収穫もなく俺達は足早に帰還したのだった。

†

「ブレイブペックルは世界を救うペックルの勇者だペン。他のペックルとは違って特別なペックルなんだペン。彼の封印が解かれたという事は開拓に大きく貢献できるペン」

帰ってくるなりサンタペックルが俺に近づいてきて、謎の絶賛を始めた。

専用の台詞《せりふ》まであるという事は物凄《ものすご》く優秀って事で間違いはない。

しかし勇者はともかく、世界はプレイヤーに救わせろよ。ゲームなんだから……。

とりあえずアルトの所へ行くとしよう。

俺達はダンジョンでの出来事をアルトに報告し、揃《そろ》ってブレイブペックルのステータスをペックルカウンターで確認する。

「絆くん達が帰還した際に出てきたブレイブペックルなんだけどね。恐ろしいほどの性能を宿しているのは確かだね」

「そうだな」

まず入手したばかりで技能が初期の状態でも、他のペックルよりステータスが総合的に高い。

サンタペックルみたいな器用貧乏ではなく、何をさせても卒なくこなせるほどに基礎能力が総じて高いのだ。

勇者だからって事かもしれない。ＲＰＧ的に古くから勇者と言えば万能型だよな。

「ブレイブペックルにはいろんな物を与えられるペン。その度《たび》に少しずつ強くなっていくペン！」

「何？」

「アイテムを渡すごとに少しずつステータスが強化されるタイプのＮＰＣって事か……」

「ただ、ブレイブペックルは守り専門で攻撃は出来ないペン！　十分に注意するペン」

まとめると、ペックルの中でも特別なペックルで、基礎能力が総じて高め。

しかもここから成長するし、アイテム……道具や素材を渡すごとにステータスが更に伸びる。

「確かに、ブレイブペックルには専用の指示が出せる様だね……とはいっても代表である絆くんの命令を優先する様だけど」

「ペックルカウンターから指示は出せるんだろ？」

ブレイブペックルのステータスを再確認。

特殊技能に薬剤、料理、細工、付与、指揮補正をデフォルトで所持しているみたいだ。

他のペックルと大きく異なるのはわかるな。

「まあね。とりあえず……指揮あたりをさせてみるとしようか」

ペックルカウンターでブレイブペックルに指揮させる様に指示させる。

すると……全ペックルのステータスが五割ほど上昇した。

「……凄《すご》いね。全個体に作業経験値の増加のバフまで掛かっているよ」

「滅茶苦茶優秀なんじゃないか」

「そう……だね。不自然なほどに何でも出来るペックルだ。ダンジョンのクリア報酬ではないのだったか」

「ああ、主《ぬし》を釣りあげた時に手に入れた鍵で開けた扉の先にいた」

「となるとその難易度にあわせた報酬か……開拓が進んで良いね」

「俺の釣りのお陰だな」

無駄に自己主張しておく、じゃないと俺って割と役立たずだし。

「絆さんのお陰ですね」

「そこは謙虚にするべきだよ、お兄ちゃん」

「だからダンジョン探索を手伝ったんじゃないか」

「そういえばボスは復活したのかい？」

「ドラゴンゾンビを倒して素材をゲットしたぜ！　俺の解体で！」

ここまで行くと自分でもちょっとウザイ感じが漂ってきたな。

まあ気にしない。

「前線組に売りつけたらどれだけ高額になる事やら……とは思うけど、とりあえずロミナくんに何か作ってもらったらどうだい？」

「もち！」

そんな訳でアルトと別れて先に工房へ戻っていたロミナの所へ行く。

ドラゴンゾンビの素材にロミナも満足した様子で受け取ってくれた。

「目の前で解体していたけれど中々良い素材を持ってきてくれるね。今度は……確か紡くんの装備で良かったのだったか」

「そうそう。この装備で行けばもっとダンジョンでの戦いが楽になると思うんだ」

「わかった。じゃあ試しに作ってみよう。古代魚素材よりは楽なはずだ」

で、ロミナは持ち込んだ素材で紡に装備を作ってくれた。

黒光りする不思議な防具が出来上がる。さっそく紡が着こんで俺達の前でポーズを取る。

「わー凄《すご》い！　前の防具よりもガッチガチだよ！」

「そりゃあ良かったな」

スカートのあるデザインの鎧《よろい》だ。

割とデザインは凝っているんじゃないだろうか？

「洒落《しゃれ》たカスタマイズをしても良かったのだけど、もう少し素材が必要でね。実用優先に最小限の素材で作ってあるよ」

「了解ーお兄ちゃん。また素材を手に入れに行こうね」

「わかったわかった」

まあ……少しは経験値と言うか戦闘の熟練度を上げておきたいし、悪い話じゃないか。

とはいえ……釣りが恋しくなってきたな。

「今度は失敗しなかったので何より」

「その事だけど、絆くんが持ってきたオレイカル鉱石とスターファイア原石なんだが……鋳造《ちゅうぞう》の難易度が随分と高くて驚くよ」

「絆さんは常に先を行ってますね」

そのつもりはないんだがな……とはいえ、空き缶商法を思い出すので否定も出来ないか。

「上手い事鋳造は出来たけど、その先はまだ難しい。腐竜《ふりゅう》素材で随分と経験値を稼げそうだから持ってきてくれると助かるよ」

困った時のロミナだな。

もはや俺達専属の職人っぽくなってきている……島を出た後も当たり前の様にタダで武具を作ってもらうとかさせそうで怖い。

親しき仲にも礼儀あり。これからも仲良くやっていくために色々と考えないといけないな。

「紡、硝子……ダンジョンで得た金銭をしっかりと報酬で払うんだぞ。当然の様にロミナに作ってもらっていたら前線組と同じになってしまうからな」

「……そうですね。いつまでもロミナさんの善意に甘え過ぎてはいけませんね」

「わかってるよ。お兄ちゃん」

「こっちは良い素材を提供してもらって、頼んでいる側だと言うのに……」

これはけじめだ。甘え過ぎては今後の生活にも関わってくる。

俺も今度、島で一番美味しい魚のクエをロミナへ提供しよう。

割と普段から振る舞っているけど。

「報酬はもらっているさ。難易度の高い素材をもらって良い感じに熟練度を稼げているからね……相手を尊重する気持ちは受け取っておこう」

「話は戻って、オレイカル鉱石とスターファイア原石、そして古代魚系の素材での武具製造は難しいってところだっけ？」

「そうだ。少なくともまだ私の腕が足りないという話だね」

「大丈夫だよ。今のところダンジョンのモンスター相手に遅れは取ってないもん」

硝子と紡はな。

俺も下級エンシェントドレスのお陰でどうにか出来ているけど……二人ほど安定しない。

「今度はしぇりるの番か、防具あたりはあっても損じゃないだろ？」

「……そう」

まあ、しぇりるは職人でもあるから少しずつ手伝ってもらえればいいんだけど……なんて思っていると腐竜《ふりゅう》の頭骨と骨、そして翼膜《よくまく》の端材《はざい》に目を向けている。

「船の素材に欲しい？」

「……うん」

「じゃあ休憩したらまた取りに行くか」

「おー！」

とはいっても、あと一回くらいで俺はまたスローライフに戻りたいけどさ。

そんな訳で俺達は装備を整えてまたもダンジョンに挑戦しに行った訳だ。

ま、ここまで来ると作業なので、ドラゴンゾンビをまた倒して戻ってきたで終わらせよう。

合間にダンジョン内で掘削《くっさく》をして建築用の素材をゲットした。今回、レアドロップは無かったっけ。

しぇりるや紡はガンガンレベルが上昇しているっぽい。

次に手に入ったドラゴンゾンビ素材はしぇりるが受け取り、残りの素材でしぇりるの装備を作ってもらった。

他、素材が噛《か》み合わない物でロミナの鍛冶《かじ》道具を新調したらしい。

そうして連続でダンジョンに潜って疲れた俺は、その後ダンジョン行きを辞退し、島での釣りと狩猟……泳ぎ技能の向上に努めた。

アルトの話じゃブレイブペックルを入手したお陰でペックル達が効率よく動いてくれているそうだ。

「よーし！」

大鯰《おおなまず》の釣竿《つりざお》のお陰でクエも簡単に釣れる様になった。

しかもロミナがドラゴンゾンビの牙《きば》から釣り針を作ってくれたお陰で強度も補完されたし……難点は時々、毒が魚につく事かな……夜に使うとボーンフィッシュが釣れる。

この釣り針の使用はやめるべきだろうか。

狩猟としてトラップマスタリーを取った。最初はモンスター専用の落とし穴を作成する物だったけど、何度か狩猟エリアで使用していると技能レベルを上げる事が出来た。

ある時はしぇりると一緒に素潜りで貝探しをした。

あさり汁を地底湖で作って食べたと話したらみんなも食べたいと言うので、海で貝も採れるだろうとしぇりると潜ってみたのだ。

釣りばかりじゃダメだって硝子が言っていたし、特化するよりも良いのかな？　なんと、カルミラ島ではアワビが採取できた。

バーベキューをしてみんなで食べてみた。身がコリコリしていて絶品だった！　うん！

良い感じだ！

†

そうして四日ほど過ぎた。

「うーん……」

ロミナが工房でオレイカルインゴットを前に腕を組んでいる。

試作品で作った籠手《こて》だったかが紡曰《いわ》く、凄《すご》く優秀なんだけど、一個作るのに何度も失敗を重ねた……らしい。

硝子と紡は日課にしているダンジョンへと潜っている。

「何か作らないのか？」

「難易度が高くてね。在庫も少ない……絆くん、また採取してきてくれないか？」

「良いけどー……アレってそう何個も採れないんだよな」

あの後もしぇりると探索とばかりに素潜りで地底湖探索に行ったけど、あまり採取できなかった。

「ミラカ凝縮結晶装備やドラゴンゾンビ装備で戦えるみたいだし、あまり拘《こだわ》らなくて良いんじゃないのか？」

「そうは言ってもね。釣りに拘る絆くんと同じく、私も鍛冶《かじ》職人としての意地があってね」

なるほど……と頷《うなず》いているとブレイブペックルがやってきた。

「何をしているペン？」

このブレイブペックル、他のペックルとは異なるＡＩで動いている様で、それなりに受け答えをする。

何かしらのヒントとか言ってくれるかもしれないな。

「オレイカルインゴットで作れる物の難易度が高くて困っているんだ」

「わかったペン」

すると俺の視界に作成指示のアイコンが出てくる。

は？　手元の素材というか……工房内にある道具一覧で作れる物が出てくる。

いや、ヒントをくれよ。

「どうしたんだい？」

「なんかブレイブペックルが作成指示アイコンを出してきて……」

「ふむ……どうせ壊しかねない素材だ。折角《せっかく》だから何か作ってみるのはどうだい？」

「ロミナが良いのなら……」

という訳でロミナからインゴットを受け取り、手元の素材で何か作れないか探してみる。

オレイカルインゴットってアクセサリー系が多いな……。

いや、確かブレイブペックルって細工の技能を持っているんだったか。

それなら防具ではなくアクセサリー枠が多いのは当たり前か。

「じゃあ……」

俺はオレイカルスターファイアブレスレットを指示する。

「わかったペン」

ブレイブペックルが工房の金床《かなとこ》の前に座り込んで何やら弄《いじ》り始めた。

「じゃあ残ったインゴットで私も挑戦するとしよう」

作業シーンを見ているとブレイブペックルは細工をしているみたいだ。

「くー……失敗した！」

ロミナが悔しそうに消滅したオレイカルインゴットのあった場所を見ている。

そんなにも作成するのが難しいのか……。

「出来たペン！」

ピョコンと立ち上がってブレイブペックルが俺に腕輪を差し出す。

オレイカルスターファイアブレスレット＋2

性能は……なんだこれ？

アクセサリー枠だけど下手な防具よりも防御性能が高くなるぞ！

魔力が突出して高くなる。しかも媒介石エネルギー自動回復（弱）まで付いた代物《しろもの》だ。

ロミナに手渡して確認させると、若干眉が上がる。

「え、ＮＰＣにここまでの代物を作られると私の立つ瀬が無いのだがね。悔しいがここまでの代物をまだ作れない」

うわ……すげえ。素直に称賛の言葉が出るとか、俺だったら嫉妬とかしそう。

というかゲームバランス考えろ！　とか叫びそう。

「島の素材なら難しくないペン」

「カルミラ島由来の素材ならばブレイブペックルにとって容易《たやす》い物なんだろうね」

「そうなんだろうけど……このアクセサリーはどうするべきかな」

硝子や紡に持たせた方が良いかもしれない。

まだダンジョン内で物資調達をしている。その効率を上げる意味でもさ。

で、オレイカルスターファイアブレスレット＋２を見ていたらブレイブペックルが新しい項目……付与一覧を見せてくれる。

「ちょっと待って、そういや付与って技能があるんだが……」

「そんな物は実装されていない……やはり少々先取り技能を所持しているという事か」

……今、俺が手持ちに入れているアイテムだとそこまで優秀な付与を施せはしないんだがー……お？　ドレイン強化を発見。

素材は吸血魚とボーンフィッシュ……。

仲間外れになってしまった闇影のご機嫌取りと実験には良いかもしれない。

「じゃあこれで」

「わかったペン」

ブレイブペックルがオレイカルスターファイアブレスレット＋2を持っていき、今度はそこに手をかざして作業に入るモーションを始める。

「……何させても卒なくこなすね」

「ペックルの中での勇者だからな」

「もうブレイブペックルさえいれば他はいらないのではないのかね？」

「僻《ひが》むなって、アクセサリーしか作れないみたいなんだからさ」

なんて言いながら少し時間が経過すると。

「出来たペン！」

ってな感じでオレイカルスターファイアブレスレット＋2（ドレイン強化）は完成した。

付与なしよりも僅《わず》かに性能が落ちているが……コレはバランス調整か？

どっちにしてもしばらくは誰かに使ってもらって、闇影と会った時にでもプレゼントしてみよう。

現状だとサンタペックルの人材勧誘が来ても闇影は呼ばないけどさ。

ダンジョン攻略終わっているし、行き詰まってもいない。

「なんとも歯がゆい気持ちになるね。今日は寝ずに技能上げに励むべきだ！」

ロミナが謎の対抗心を燃やしている。硝子達が定期的に良い素材を持ち込んでくれるもんな。波が来てアップデートされた後の事を考えれば悪い話じゃないはず。

「腕が上がって……島から出た後は前線組も驚きの腕前を披露するんだな」

「そうなるかもしれないね。まあ、職人仲間にはライバルもいたから、ライバル達を出し抜いて一番の職人になったと自負しても良いかもしれないね。そこまで至れば馬鹿な連中を逆に返り討ちにも出来るだろう」

ロミナは俺の方を見て。

「むしろ絆くん達の専属鍛冶師《かじし》でもあると主張しても良いかい？　おかしな連中を黙らせるには良い名目なんだが」

「勝手に呼んでしまったしなぁ……別に良いけど、俺達はマイペースなエンジョイ勢だぞ？　今後もそのスタンスを崩す気は無いし、どこかで落ちぶれるかもしれない。そもそも一番なんて望んでいないが良いか?」

そう、結果的に今は、推定最前線らしい所に来てしまっているだけに過ぎない。

いつ落ちぶれるかわからないのも事実だ。

「問題ないさ。好きにさせてもらっているのだから名目貸しだけでも良い」

「それこそ、気に入った連中が現れたらすぐに移籍可能な立場……良いかもな」

「良い人材を絆くんは抱えていると思うがね。硝子くんや紡くんは前線組でも有数の人材だ。闇影くんだって波での成績を見れば他の追随を許さない。そしてアルトくんまでいるんだ。そんな仲間達に囲まれているのに本人は釣り三昧《ざんまい》……君を見つけてコンタクトを取る方が難しいと思うがね」

しぇりるは船職人だから有名とか関係ないか。

なんか島でカスタマイズしている船が海賊船みたいになってきているのは気にしない方向で行こう。

この中で代表を一応している俺に声を掛けるのは……案外難しいのかな?

ま、島を出たら釣りをしているのは決定だし……俺ってどこかで隠居している仙人みたいな生活してる様な……?

この考えはやめよう。

「さてと、じゃあ良いアクセを作ってくれるブレイブペックルには硝子達の分までアクセサリーを作ってもらうか」

　その間に素材をゲットすれば良い。

「あ⁉　ったく、面倒な仕事を押しつけてくるんじゃねえペン」

「……は？」

　思わずブレイブペックルを見る。

　するとそこには先ほどの様な丁寧というか若干ボケッとした様なペックル顔ではなく、妙に鋭い眼光で口の悪いペックルがいた。

　何度も確認する。

　おかしいな……ブレイブペックルなのに反応が違うぞ。

「おーい」

　ブレイブペックルの豹変《ひょうへん》に困惑していると、アルトがこっちに近づいてきた。

「絆くん、何かブレイブペックルに命令したかい？」

「え？　ロミナと一緒にアクセサリー作りを指示したけど？」

「やはりそうか」

「何か知ってるのか？」

「ああ……万能なブレイブペックルなんだけど唯一の短所があってね」

　アルトは凄《すご》く不機嫌そうにしているブレイブペックルにペックルカウンターで指示を出

して移動させる。

「人を小間使いみたいに扱いやがって、奴隷じゃないペン！」

なんか歩調すらも態度が悪いなー……その台詞《せりふ》は地味に痛い！

ペックル達全員の総意にも聞こえかねない！

あと、お前は人ではなくペックルだ。

「ストレスゲージの上がりが物凄《ものすご》く速いんだ。だから何かさせる場合はしっかりと見ておかないとあっという間に増える」

「なんと……そんな短所があるのか」

性能が高い代わりってやつか。

勇者ならもっと耐えろよと思わなくもないが、なんともゲームらしい短所だな。

とはいえ、無難な設定だと思う。

「うわ……指示を出して放置したらあっという間にヤバイ事になりそう」

「間違いないね。そしてストレスゲージが50％を超えると、あんな感じで露骨に態度が悪くなる。随分と独特のＡＩをしているよ」

一体どんな設定なんだ？

「バックストーリーか何かがあるのかもしれないけどね。調べた限りだと図書館を建てれば少しはわかりそうだね」

「知りたい様な知りたくない様な」

「まあ、ブレイブペックルは何もさせなくても全てのペックルの能力を二割上げてくれるし、ストレスを下げるために放置するのが一番なんだけどね」

いる事に意味があるタイプか。運用が難しいペックルだなぁ。

しかもアルトみたいなしっかりと全ペックルの様子を確認している様な奴がいないといけないとか。

「ちなみに城建設だけど五分の一くらい進んでいるってところかな」

アルトの話だと、まだまだ先は長そうだ。

「で、ブレイブペックルにアクセサリーを作らせたそうだけど」

「ああ、コレだ」

オレイカルスターファイアブレスレットをアルトに見せる。

「ははは、ロミナくんが廃業になりそうな代物《しろもの》だね」

「アルトくん……君はまだ懲りていないのかな？」

ロミナが指をボキボキと鳴らし始めた。

死の商人ＶＳ鍛冶師《かじし》の対決第二ラウンドが幕開けしそうな雰囲気だ。

「ドレイン強化は闇影くん用かい？　いや、絆くんの事だから……手持ちの素材で何かしたというところか、そのついでに闇影くんの機嫌を取れそうな物があったとか」

本当に一言多い奴だな。俺もふざけておこう。

「名推理だよ、アルトくん」

アルトが苦そうな顔になった。

「その闇影くんは何処《どこ》にいるのかな？」

「君の様に賢い商人は嫌いだよ」

「直後にその弓で撃ちそうな悪ふざけはやめてくれないかな？」

撃ってもダメージは無いけどな。

「未実装の技能、付与をついでにブレイブペックルにさせたんだ」

「なるほど……とはいえ、ブレイブペックルに何かを作らせる時は僕に一言相談してからにしてもらって良いかい？」

「了解」

「そもそもロミナくんは鍛冶系の熟練度に意識を向けているけれど、基本的なレベルを疎《おろそ》かにしていないか？　何だかんだ言って腕力とかも影響するだろう？　丁度いいから硝子くんや紡くんに上げてもらってはどうだ？」

「確かに……上がりが悪いのもレベルの所為《せい》かもしれない。良いかもしれないね」

そんな訳で、優秀なアクセサリー量産計画はもう少し時間をかけて作らせる事になり、ロミナは硝子達の方へ手伝いに出るようになった。

†

それから数日の事……アルトが俺に声を掛けてきた。

「絆くん、ちょっと良いかな？」

「なんだ？」

「この島なんだけど、開拓を進めていると、やはりと思う点が増えてきているよ」

島の開拓は着実に進んでいる。

アルトが俺の代わりにペックルを運用してくれたから、見違えるほど発展した。

俺が釣りに使っていたナマズのいた池周りなんて完全に舗装されて池が噴水みたいな感じになっていたし、空き家になっている住居がそれこそ無数にある。

しかし、なんでこんなに家を建てているんだろうか？

「僕の推測なんだけど、おそらくここは第三都市に相当する場所なんだと思う」

「ふむ……その根拠は？」

「絆くんも見ていただろうけど、空き家の数だね。ペックルが運営する物もあるんだけど、ロミナくんの工房の様に商店にするのが目的としか言いようの無い設備とかも必須建築に含まれている」

必須建築は建てなきゃいけない建物の事らしい。要するにペックルが言ってくる『これこれを何軒建てるペン』ってものだ。

微妙にゲームシステムの匂いを感じる仕様である。

プレイヤーに都市を作らせるとか何を考えているんだ運営はと言いたくなる。

そういうシステム自体を組み込むのは面白い。一般的なオンラインゲームとは趣向が異なるんだろうな。

これもゲーム開始から終了まで一律でプレイヤーを管理しているから出来る事なのかもしれない。

「他に自由に家を建てる事が出来ない土地も存在するよ。敷地は確保できているけどね」

アルトは島の地図を出して説明する。

自由に出来ない土地ね。

普通に考えれば後々何かイベントが発生するとか、そんなところだろう。

「後は海辺に桟橋《さんばし》を設置させられて家を建てた。こっちも空き家が多い」

「……マイホームか何かか」

「貸し工房があるんだから当然だろうね」

「セカンドライフプロジェクトなんだから当然か」

「しかもリゾート地の様な側面が強いからね。青い綺麗な砂浜もあって、第一都市の海辺よりも遥《はる》かに好きな人は多いと思うよ」

まー……元々このゲームはセカンドライフプロジェクトって名目なんだから自由に家を買ってゆっくりする事も出来るのだろう。

そんな住むに適した場所を俺達に作らせるって魂胆《こんたん》はよくわからないし理解しがたいところはあるけど、開拓ってフレーズに面白さを感じる人がいるのは、他のゲームでも証明されているしなぁ……。

実際、俺も結構楽しんでいるし。

「どちらにしても順調だよ。城とやらもいずれは完成するし、出来上がったらどうなるか見ものだね」

「早く島から出たいもんだ」

「巻き込んでおきながらその台詞《せりふ》？　まあ良いけどね」

なんて感じで時間が過ぎていった。

「んじゃ今日も俺は釣りをしてくるよ」

「君は変わらないね。いってらっしゃい」

アルトと別れて海辺でボケーっと釣り糸を垂《た》らしていると……突如視界に映写機の様な演出が掛かった。

「な、なんだ？」

しかも帰路ノ写本を使用した時と同じ様な浮遊感。どこかへ飛ばされている？

じー……ってフィルムを回す様な音と共に5……4……と謎のカウントダウンが開始される。

メニューを開いて装備を弄《いじ》る余裕はある様だからいざって時に備えて装備を変更した。

2……1……バキン！　と波が発生する時と同じ様な音が響いてガラスの弾ける演出と共に視界が開ける。

ここは……島の外れにある海岸沿いの丘か？　若干開けた場所だ。

「絆さん」

「お兄ちゃん」

硝子と紡が近くにいた俺に声を掛けてきた。

「い、一体なんだ⁉」

「これは一体？」

驚きで狼狽《ろうばい》するアルトと状況確認を取るロミナ。

「わーお」

驚いているのかボケっとしているのかよくわからないしぇりるも声を上げた。

船作り中だった様で木槌《きづち》を持っている。島内にいる全員が強制で転移させられたって事か？

「いきなり何が起こったんだ？」

29：24

視界には謎の目減りする時間が映し出されている。

制限時間三十分って事なんだろうけど、何が起こっているのか確認しなきゃ動きようがない。辺りを再確認……開けた場所のど真ん中で、ブレイブペックルが横になった体勢のまま宙に浮かんでいる。

意識が無いのだろうか？　割とシュールな光景だ。

四話　ラースペングー

「ブレイブペックル?」

俺がブレイブペックルを指差して硝子達に視線を向けると、硝子が紡の方を向いた。

紡の方はてへペロッて感じの表情をしてやがる。

妹よ、何をした?

「ペエエエエエエエエエエエエエエエエ――」

ブレイブペックルが胸をかきむしり、呻《うめ》くような声を上げると共に黒いオーラが放たれる。そのオーラはブレイブペックルを取り込みながら球体を形作っていく。

そして黒い球体が弾けたと思ったらそこからカルマーペングーのような……いや、ドラゴンゾンビの様な羽を生やし、禍々《まがまが》しい盾を複数展開した黒い炎を纏《まと》うモンスターが出現する。

名前は……ラースペングー。

「ガァアアアアアアアアアアアアアアアアアア!」

雄たけびと共にラースペングーがこっちに向かって突撃してくる。

敵意満載って感じだ。

「アルトさんとロミナさんは下がって！」

硝子が前に立ち、ラースペングーに向かって構える。

ラースペングーは盾を上に掲げた。するとラースペングーの周りに一羽の……なんだ？

カルマーペングーとも異なる真っ黒な鳥型のモンスターが出現したぞ！

こう……古いゲームの太った鳥みたいなモンスターだ。

名前は……ダークフィロリアルというらしい。

「キュエエエエエエエエエエ！」

ダークフィロリアルというモンスターが素早く硝子に向かって突撃。

一瞬、姿がぶれたかと思うと、硝子に複数の攻撃エフェクトが発生した。

「うぐ……は、速い！」

硝子がどうにか往《い》なしていると、紡がダークフィロリアルに向かって鎌を振るう。

「硝子さん！」

そんな紡の攻撃を予見していたとでも言うかの様にラースペングーがダークフィロリアルを庇《かば》うように前に立って受け止める。

ガキンと金属音が響いた。

「硬《かた》！　凄《すご》く硬くて歯が立たない⁉」

ハッと俺は我に返り、取り出した弓でダークフィロリアルというモンスターを狙う。

「落ちついて陣形を取るんだ！」

「わ、わかってる」

「僕は戦いは専門外なのだけど」

忙しいのでアルトは無視する。

俺が矢を放った直後、ラースペングーを中心に黒い炎が立ち上り、辺りを焼き尽くす。

『セルフカースバーニング』

視界にボスが放った技らしき演出名が映し出された。

範囲が広い！　至近距離にいた硝子と紡に命中し、黒い炎で焼き焦がされる。

「きゃあああああ！　痛い。何コレ！　物凄く痛い！」

痛いというのはダメージ的な意味だ。攻撃を受けると痛い様な感覚はあるが実際に痛い訳じゃないからな。

テレビゲームで攻撃を受けた時に思わず『いたっ』とか言っちゃう感覚に近い。

紡はどちらかと言えば感覚派なので、そういう光景は結構ありがちだ。

「く……」

合わせてダークフィロリアルが翼を交差させ、一瞬で移動して硝子の背後に立った。

直後に八回の打撃音。

「こ、これは厳しいです……ね！」

負けじと硝子がダークフィロリアルに扇で殴りかかった。

「輪舞《りんぶ》零《ぜろ》ノ型《かた》・雪月花《せつげっか》！」

硝子の大技が発生して花びらが舞う。

するとラースペングーがダークフィロリアルの前に回り込み、盾の檻《おり》を展開して受け止めた。

モンスターの連携が厄介過ぎる！

「だけどその隙《すき》を私は逃さないよー！」

紡が回復アイテムを使用して傷の治療を始める。

「お兄ちゃん！　みんな！　援護をお願い！」

「もちろんだ！」

「……うん」

「攻撃の威力からしてしぇりるさんは接近しちゃダメ。ロミナさんも援護をお願いするね」

「わかった」

各々言われた通りに動き始める。

俺は特に言われていないので、弓での援護攻撃を続行する。ルアーを使うかは状況次第だ。

「僕はどうしたら良いかな？」

「回復アイテムをばら撒《ま》いてくれると助かるかな」

「非常事態だ。しょうがない」

アルトも戦力外ではないらしい。

確かに回復アイテムが手頃な場所に配置されていると助かるよな。

「硝子さん、ラースペングーは守備力が高過ぎるから何か攻撃手段があるのかもしれない。ダークフィロリアルから先に攻撃しよう」

「わかりました！」

なんて会話中も刻一刻と状況は変化していく……丁度硝子の技が終わると同時に、敵の盾も消失した。

合わせて俺としぇりる、ロミナが弓で援護射撃を行う。

狙うはダークフィロリアル。

なのだけど、俺達の矢はラースペングーが遮《さえぎ》ってダークフィロリアルに当たらない。

「くそ！　邪魔だ、どけ！」

何度も矢を放つのだが、その度《たび》にどこからか盾が出現して遮られる。

挙句《あげく》、ラースペングーが矢を掴《つか》んで捨てやがった。

で、肝心のダークフィロリアルは物凄《ものすご》く俊敏で、硝子と紡でも攻撃を当てるのが精一杯の様子だった。

「あ、また⁉」

しかもダークフィロリアルを庇《かば》うようにラースペングーが回り込んで硝子達の攻撃を受け止めるから、もう大変。

また謎の演出と共にセルフカースバーニングって技を使ってきて、焼き焦がされる。

「あーもうイライラしてくる！　邪魔だよ！」

紡が苛立《いらだ》ちを見せているが、俺の方でも考えてみる。

戦略的な行動を取ってくる敵だな。

今までみたいな真っ直ぐ攻撃してくるタイプとはちょっと違う。どちらかと言えばソウルイーターに近いかもしれない。

「はぁあああああああああ！　輪舞破《りんぶは》ノ型《かた》・甲羅《こうら》割り！」

ガツンと硝子が距離を取り、遠距離技を放った。

するとラースペングーがよろめく……効果があった？

「なるほど……防御無視技が効果的な様ですね」

「え？　もしかして、アレを使うの？　威力低くないの？」

紡も心当たりがある様でラースペングーに視線を向ける。一定の熟練度が必要な技で、効果的なものがあるって事なんだろう。

「俺の出番だな」

ルアーダブルニードルでダメージ倍化をさせれば効率的だ。

だが、防御無視技を放った代償はより厄介なものであるのをこの時、俺達は身をもって知る事になった。

攻撃を与えた硝子をラースペングーは思い切り睨《にら》みつけ、手をかざす。

「こ、これは――」

すると、硝子が大技を放った際、自己を守る行動時に出ていた盾の檻《おり》が硝子を一瞬で閉じ込める。

ラースペングーが拳《こぶし》を握りしめる様なポーズを取ると盾が逆向きになった挙句《あげく》、大きなダメージ演出が入る。

そして……俺達の視界に文字が浮かび上がる。

凝った演出だな！

『愚《おろ》かなる罪人への罰の名は鉄の処女の抱擁《ほうよう》による全身を貫かれる一撃也《なり》。叫びすらも抱かれ、苦痛に悶絶《もんぜつ》せよ！　アイアンメイデン！』

敵が使うカットインってウザイ！

硝子が閉じ込められている盾の檻の背後に鉄で作られた拷問具で知られるアイアンメイ

デンが出現し、門が開く様に扉が開いて盾の檻《おり》ともども抱えようとしている。

「させるか！　こっちもコレだ！」

紡が鎌でラースペングーを何かの技で殴りつけるけど、ビクともしない。

というかダメージ入ってないぞ。一定時間無敵って奴じゃないか？

「キュエエエエ！」

「本気で邪魔！」

ダークフィロリアルがそんな紡に襲いかかる。

俺達は遠距離から矢を連射して妨害しようとしているのだけど、決定打にならない。

ん？　アイアンメイデンに矢が当たる？

釣竿《つりざお》に持ち替えて、スナップを掛けて光のルアーを分銅《ふんどう》の様にしてぶつける。

カーンと良い感じに音がしてダメージが入る手ごたえがした……までは良かったのだけど、アイアンメイデンが硝子の入った盾の檻を完全に包み込んでしまった。

バキンと凄《すご》い音と共に、アイアンメイデンが砕け散る。

「キャアアアアアア……く……」

するとそこから硝子がどうにか抜けだすのに成功。戦意を見せているが、目に見えてダメージを負っているのがわかる。

「大丈夫か⁉」

「大丈夫……と言うのは厳しいですね。大ダメージを受けてしまいました」

「というか凄《すご》く戦いづらいんだけど……まるで別のゲームでPvをしているみたいなうっとおしい連携をしてくる敵だよ」

「見た感じ、タンクとアタッカーの連携攻撃だね」

アルトの分析に同意する。確かにそんな感じだ。

攻撃の要《かなめ》はダークフィロリアルで、それを護衛するラースペングー。

護衛の方を攻撃すると反撃スキルで大ダメージを受けてしまう。

この手のタイプは各個撃破をすると連携が崩れるので後は勢いで倒せる事が多いが、ラースペングーがボスである以上、やはりダークフィロリアルは取り巻きなんだろう。

ラースペングーが余りにも防御力が高くてダメージが入らない。この場合、何かしらのギミックで攻撃が通る可能性がある。取り巻きを倒すと弱体化するとかな。

とりあえずはダークフィロリアルを倒したいが、ラースペングーが邪魔だ。

「どちらにしてもラースペングーの方が脅威度が高い！　硝子くんに紡くん！　そちらに攻撃を集中するんだ！」

「とはいいましても……」

硝子が防御無視攻撃を放つのは良いが、盾を出す技で攻撃が命中しづらい。

「ああもう、こっちのモンスターが凄く邪魔！　やあああ！」

紡はダークフィロリアル相手で戦いづらそうだ。

「やっぱり動きが速いだけで体力はそこまで無いみたい！　あと少しで倒せる！　それからラースペングーを相手にしよ！」

お？　ダークフィロリアルをもう少しで倒せるのか？

なんて思った直後、ラースペングーがダークフィロリアルに向かって光を放つ。

するとダークフィロリアルの体力が大幅に回復した。

おいおい、ほぼ満タンになったぞ。

「ちょっと！　敵が回復技や魔法を使うのは良いけど、ここまで高性能の回復はどうかと思うんだけど！」

何に喧嘩《けんか》を売ってんだ、紡！

言いたい事はわかる。某有名なＲＰＧの二作目のラスボスの破壊神とか、全回復魔法をランダムで使ってきて腹立つしな。

「やはりラースペングーを狙えって事でしょうね」

そんなこんなでチビチビと攻撃を繰り返していると、ラースペングーのＨＰが七割くらいのところで制限時間が過ぎてしまった。

「ガアアアアアアアアアアアアアアアアアアアアアアアア！」

するとラースペングーを中心に巨大な黒い炎が立ち上り、俺達のいた場所全てを焼き焦がす。

フィールド全てを燃やし尽くす範囲攻撃だ。制限時間オーバーって事なんだろう。

「うお！」

「キャアアアアア！」

「うわあああああああああ！」

「ノオオオオオ」

「く……時間切れですか」

そんな感じに俺達は黒い炎で焼き焦がされ、体力が残っているのに倒れる姿で固定された……そして、気が付くと海岸に倒れていた。

ステータスを確認してみると、エネルギーが残っている。

どうやら強制退場って扱いみたいだな。

しかし……何がどうしてこうなったんだ？

「あー……いきなりの戦いに驚いた」

浜辺で座り込んで、先ほどの出来事の感想を述べる。

ラースペングーがいるはずの丘へ視線を向けると、怪しげな色の雲が停滞しているぞ。

というか……ブレイブペックルの様に見えたけど……項目を確認すると同時にアルトが頭を抱える。

「ブレイブペックルがいない！　いるだけで全ペックルの能力が五割、指揮させると倍化させるまで成長させたのに！」

そりゃあ凄《すご》いな。いつの間にそこまで成長していたのか。

「もはや開拓の要《かなめ》になっていたと言っても過言じゃなかったんだ！　アレがいないとまだ作りだせない建物があったのに！」

能力値の補正大きいな⁉

「それって城？」

「もちろんだ！　これで当面は城造りが停滞する！　一刻も早くブレイブペックルを奪還してほしいくらいだ！」

そこにサンタペックルがやってきた。また狙ったみたいなタイミングで現れたな。

「ブレイブペックルは特別な道具でカルマー化してしまうと、ラースペングーという凶悪なモンスターになってしまうペン。しかも支配域に閉じこもってしまうから一日一回しか挑戦できないペン」

挑戦に制限が掛かっているイベント扱い？

「さて……硝子、ダメージはどうなっている？」

「えー……正直、冗談では済まないほどの大ダメージを負いました。しばらくエネルギー回復を図らないと厳しいかと」

「硝子、狙われまくっていたもんな」

「はい……アイアンメイデンのダメージが凄《すご》かったです。二度目が命中したら死んでいたでしょうね」

そんなにも削られたのかよ。

ラースペングーも再度放とうと盾の檻《おり》を硝子に放っていたもんな。

速過ぎて硝子か紡しか避けられないだろ、アレ。フェイントが引っかかるだけマシだ。

そんな反射神経前提で作られたゲームなのか？

「絆くんがアイアンメイデンに攻撃した際にはしっかりとダメージが入った様に見えたね。発動しても妨害は可能に見える。ラースペングーの動きも止まるし、ダークフィロリアルの攻撃さえ気を付ければ破壊できそうだ」

ああ、多分そっちの方が正しい気がする。仲間が捕らえられたのをみんなで救出する感じ。

島内のプレイヤー全員が召喚されていた訳だし、協力プレイ前提のボスなのかもしれない。

五話　原因調査

「さて、一番の問題点なんだが、何がどうしてこんな事が起こったのかを調べないとな」

戦闘開始前に硝子は紡の方を見ていた。

硝子の性格からして、理由もなくそんな事はしない。

つまり紡が何かをした事が一番の原因だと見て間違いない。

元々ムードメーカー兼トラブルメーカーな面のあるダメな妹だしな。

「え？　私の所為《せい》なの？」

「それ以外無いかと」

「違うと思うよ。何かのイベントだと思ったからやっただけだし」

語るに落ちるとはこの事だな。何をした？

「それがこんな結末になったって事だろ」

まあイベントっていう主張は認める。どう考えてもゲーム的に意図して起こった現象だしな。

「まさか隠しボスのフラグだとはねー思いもよらなかったよ」

「自分達にしかわからない話をしない様に」

俺としぇりる、アルトにロミナが腕を組んで紡を睨《にら》む。

さすがに空気を感じ取ったのか紡は説明を始めた。

「え、えっとね。ロミナさんは知ってるでしょ？　今日、ダンジョンで見つけた赤い髪をした女の人形」

「ああ、あったね。あの人形がどうしたんだい？」

「それを所持した状態でブレイブペックルの近くを通過したところ、ブレイブペックルが変わった動きをしたんですよ」

硝子の話をもとに再現をしよう。

ダンジョンで見つけた宝箱から赤い髪の女の人形が見つかったそうだ。

特に効果がある訳でもない、収集品とも呼びづらい謎の道具。

それを持ち帰った硝子達だったが、用途が不明なので後でみんなに相談しようという事で解散する事になった。

なのだが、その途中でブレイブペックルが赤い髪の女の人形を凝視している事に紡が気付いた。

ペックルの友好度を上げるアイテムか何かかな？

と思い、紡は独断でその人形をブレイブペックルに渡そうとして……叩《たた》き落とされたらしい。

「そのけがらわしい物を見せるんじゃねぇペン！」

ちなみにストレス値はアルトが制御していたのでほぼ無かったはずだ。人形を与える以外では普通の台詞《せりふ》を喋《しゃべ》っていたとか。

「こ・れ・は……何かイベントの気配！　変わった技を習得するとかかも！」

なんて様子で紡は人形を執拗《しつよう》に見せつけ続けた。時にはブレイブペックルの頬《ほお》にグリグリと押しつけたりしたそうだ。

硝子の証言によると十分以上はやっていたらしい。

止めてもあれこれ理由を付けてやめなかったとか。

最終的に人形がケタケタ笑う不気味な演出が入ったそうだ。

「ブレイブペックルが人形をサンドバッグにしていたから面白がっていたら、いきなりこんなイベントが起きたんだよ！」

無実だと自らの潔白を宣言する紡だが、白状したも同然。

どう考えてもお前が犯人だろ！

「やっている事が完全にイジメだぞ。お前、学校とかで変な事してないだろうな？」

「いつもゲームの事で頭がいっぱいだから、そんなつまらない事しないよ！」

「そ、そうか……」

説得力は多分にあったが、もやもやしたものは残った。

あと、妹の将来が割と本気で不安になった。イジメがつまらないからしないのか。そのつまらないの定義が気になる。

「そういえば戦闘に入る直前、物凄《ものすご》い勢いでブレイブペックルのストレスゲージが上がっていったのを確認しているよ」

アルトの言質《げんち》も取れた。

嫌いな道具を見せつける事で高速でストレスゲージが上がったって事か。

サンタペックルの台詞《せりふ》から察するに、その赤い髪の女の人形が原因と見て良いだろう。

また余計な寄り道をしやがって……よし、以前から考えていた計画を実行に移すか。

「……紡、ちょっとこっち来い」

「なーに？」

俺は紡の手を掴《つか》んで、川に架かる橋の所まで歩いて行き……ドンと橋から紡を突き飛ばした。

「おらー！」

「ちょ——お兄ちゃん⁉」

くっそ、しぶとい！　しつこく橋の縁に手を掛けてぶらさがっている。

俺はその手を踏みつけた挙句《あげく》蹴り飛ばして、川へと落としてやった。

「きゃああああああああああああああああああああ――……」

「うわ……」

「処刑」

しぇりる、人聞きの悪い事を言うんじゃない。制裁と言え。

共同生活をしているのに、そんな身勝手な行動をしたのなら罰は必要だろう。

たとえゲームだとしても、だ。

コレだから妹という生物は……妹萌《いもうとも》えの精神は理解しがたい。

こんな頭のおバカな妹って生き物のどこがかわいいのか。

まだ奏姉さんの方が萌えがあると思う。あっちはアホな行動をするけど、被害は無い。

これでお淑《しと》やかで優しくて兄想いの妹だったなら別なんだけどな。

それこそ牧場ゲームを一緒にやってくれる、従順な妹なら良い。残念ながらそんな妹は実在しないけどな。

まあこれが俗に言う『兄が妹に望む幻想』なんだが。

「容赦しないね」

「かといって、お咎《とが》めなしもどうかと思いますしね……強く止めなかった私の責任でもあります」

「硝子は……まあ、ダメージが多かったから良いよ」

その被害を一番受けたのが硝子だしな。

というか、橋から落ちたところでダメージを少し受けるだけでペナルティも無いしな。

さて浜辺に行くとしよう。

†

「ゲッホ！　ゲホゲホ……」

まあ、そんな感じで川に流された紡が海岸に流れ着いたところで俺は再度言う。

「あと、三回は味わってもらおうかな」

「ごめんなさい、お兄ちゃん！　だから勘弁して！」

「俺に謝ってどうするんだよ」

せめてエネルギーの消費が激しい硝子に軽くても謝罪しておけ。

ゲームとはいえ、みんなが楽しめない遊びは看過できない。

俺が闇影をボッチにさせてしまった件については棚に上げる。

その時は甘んじて罰を受けるさ。

「ＮＰＣごめんなさい！」

「お前、ネタに命かけているだけだろ！」

俺も『アニマルな森』というゲームで、住民を落とし穴にハメたり、橋から突き落とした、なんて事をした覚えがある。

ゲーム内で起こす行動の闇を垣間見《かいまみ》た気がした。

「ままあ……今回のイベントも乗り越えたら結果的に良い事があるかもしれませんから、これくらいにしましょう」

硝子が俺を止めるので、やむなくこれ以上の制裁は見送る事にしよう。

一番被害を受けている本人が許しているんだから良いだろう。

「はあ……硝子に感謝するんだぞ」

「はい！」

「でだ。アルトの話ではブレイブペックルが抜けた穴が大きくて困るそうだ。おそらくラースペングーを仕留める事で帰ってくると思うが、どうやって倒す？」

「挑戦は一日一回。制限時間三十分というルールの様だね」

戦うのは一日一回……となると最低でも明日まで待たなければならない。

「硝子、ダメージを回復するのにどれくらいかかりそうだ？」

「仮に今からダンジョンに潜って精一杯戦ったとして……二日は必要なくらい削られました」

そりゃあ随分とやられたなー……硝子がこんなにダメージを受けるなんて相当なもんだ

ぞ。

「しばらく再戦は見送るべきだ。というか、また島にいる奴ら全員が強制で呼ばれるんだろうか？」

それだと……波と同じく大人数で削り切るボスって事になる。

そうなったらこの人数じゃ不可能だ。ただ……地道にダメージは入っていたんだよな。

三割くらいは削れたし、思ったよりは強くない。

時間さえかければ倒せるはずだ。制限時間付きだけど。

「そのあたりの条件は一回しか戦っていないし、まだ謎だね。ただ、僕が特に狙われたりしないところを見るに戦闘が出来ない人を攻撃する様なＡＩはしていないんだろうね」

「一定範囲まで接近しなきゃ攻撃されない可能性もあるだろうなぁ」

少なくとも俺やしぇりる、ロミナは狙われる確率が低かった。

「後はそうですね……ダークフィロリアルというモンスターの攻撃は苛烈《かれつ》でしたけど、ラースペングー自体が直接攻撃してくる事はありませんでしたね」

「そうだったか？　セルフカースバーニングって技を何度も放っていただろ」

「お兄ちゃん、気付かなかった？　あの攻撃の条件」

「まあ……技名もそうだが、十中八九カウンター主体の戦い方なんだろうとは思った」

ダークフィロリアルに攻撃を任せて、自身は守りに徹する。そして不用意な攻撃を受け止めてカウンターのセルフカースバーニングで辺りを焼き払う。

相手の高威力技には反応してダークフィロリアルと共に守りを固める編成だ。

そして隙《すき》あらば檻《おり》で閉じ込める技を放って必殺技のアイアンメイデンで決めてくるってところだろう。

アイアンメイデンを撃つまではそこそこ時間が必要だったし、クールタイムか何かがあると見て良い。

どこまでもいやらしい戦い方を好むな。

「あの技ですが……輪舞破《りんぶは》ノ型《かた》・甲羅《こうら》割りを放った際には発動しませんでしたね。絆さん達の援護射撃も盾で受け止めたり矢を掴《つか》まれたりはしましたが、セルフカースバーニングは発動しませんでした」

遠距離攻撃では発動しない……そのあたりの分析は俺でも出来る。

しかも硝子の話だと防御無視技が有効らしい。

どう見ても防御系な敵だし、弱点って事だろうな。

「ダークフィロリアルに一気に畳みかけて倒したらどんな行動変化をするかわからないけど、あの強固な守りが解けるかも！」

確かに、あまりにも硬いタイプの敵は取り巻きを倒す事でその硬さが解除される事は多々ある。

が、厄介なのはラースペングー自身が回復魔法っぽい事をしてくる事だ。

その所為《せい》でダークフィロリアルは倒しづらい。

「倒しても一定時間後に再召喚してくる可能性もあるな。研究のために挑むのは悪くないが、何度も戦うのは骨が折れるし、スピリットには厳しい」

現に硝子が元の強さに戻るのに相応の時間がかかる。

「現状だと下手に触れずに地道に開拓をするか、戦力が整ったら再戦するか」

そこでロミナが手を上げる。

「まだ実験していない攻撃手段が無いかい？　いや、正確には硝子くんがやっていた技の種類にもよるんだけどね」

「というと？」

「若干変則的な攻撃には効果がある……例えば毒や麻痺《まひ》、石化等の状態異常に弱いとか」

「古く続くゲームとかだと無効化されるパターンの多いものだなぁ」

効けば良いな程度。海外のゲームだとラスボスでも状態異常が効く事は多いんだが、日本製のゲームは通常ボスでも完全耐性の場合がある。

どっちの基準かはわからないが、実験は必要だな。

「防御無視は通じたからありえなくは無いか」

「後はそうだね……確実にやらなかった攻撃手段が他にもあるよ」

「なんだ？」

「魔法」

あー……まあ、そうだな。

俺も硝子もしぇりるも紡もみんな武器持って好き勝手に攻撃するタイプだ。

ロミナやアルトは論外だろう。

こちらは商人&製造職なのだからしょうがない。

俺もどちらかと言えばこちら側で、言うなれば半製造だしな。釣り的な意味で。

「魔法効果の発動する道具を使用すれば良いのかもしれないけどね」

アルトはそのあたりの心得があるのか若干困り顔で呟《つぶや》く。

コスト面度外視で挑むにしても通じるかどうかだし、道具でどうにか出来るほど強力な物を作れるのかもわからない。

「何か良い手はあるか？」

「道具作りは多少心得が無い訳じゃないけど、効果的なものが作れる自信は無いなぁ。それこそしぇりるくんのマシンナリーあたりが効果的かもしれないよ」

するとしぇりるは首を横に振る。

「ボム」

「爆弾？」

頷《うなず》かれた。あまりお勧めしないって事かな？

「ノーマジック」

「魔法じゃなく物理だから意味が無いって事か」

「そう」

うーん……。

「火炎瓶とかは魔法か否か……」

「魔法扱いだろうけど、炎のカウンター攻撃をしてくる相手に通じるかな？」

難しいな。それこそ島で採れる素材で何かしらの道具を作って投入するのが限度か。

あるいは一度負けるなり撤退して、対策アイテムの作成イベントがあるとか、ありがちと言えばありがちな展開だよな。

「俺達の仲間には魔法使いがいないのがここにきて響いているな……」

「完全に闇影くんを無視する勢いだね」

「サンタペックルが反応すれば呼ぶんだがな」

アルトが来て以来、随時説明しかしていない。

せいぜい『ペックルはモンスターじゃないペン』とお決まりのセリフを言うくらいだ。

そろそろ来てもおかしくないから、今度こそ遅れてきたヒーローの出番という訳だ。

「確か、てりすくんも魔法系だったね。闇影くんの状況を維持するなら彼女も手か」

「いきなり呼びつけて、らるくと引き裂くとヤバそうじゃないか？　『てりすをいきなり連れてくとか……タダじゃおかないよ！』とか言ってさ」

らるくは人当たり凄《すご》く良くて頼りになるお兄さんって感じなんだけど、てりすはなんていうか……ギャルって感じの喋《しゃべ》りがなー。

一人ずつしか呼べないから片方がいきなり行方不明になったりしたらとんでもない事になるし、呼んだ方にも怒られるだろう。

「てりすくんは時々そんな喋りをするけど丁寧口調も出来る人なんだよね。私と話す時はなぜか丁寧に答えるんだよ」

ロミナとも知り合いなのか、顔広いよなあの二人。

「元不良カップルみたいなオーラを宿しているね、あの二人。絆くんならいたずらに呼びそうだけど」

「さすがに仲睦《なかむつ》まじい二人を引き裂くほど、外道じゃない」

ちょっとやってみたい誘惑はあるけどさ。いたずら的な意味で。

「あの二人は未知のイベントを探すのが趣味だから巻き込まれてもそこまで機嫌を損ねる事は無いと思うけどね。面倒見も良いし」

そういえばアルトが闇影をあの二人に押しつけようとしていたんだったっけ。

「闇影が次に頼るのはあの二人の可能性が非常に高いな……」

色々と美味しいのは否定できない。

「さすがにイジメになっちゃいますから闇影さんにしましょうよ」

「そうだな」

闇影を呼んでもまだ呼べるなら、らるくかてりすを呼ぶか考えよう。

「道具は使うけどものの見事に脳筋編成だね。私達は」

ロミナの言い分に全く否定できない。頭を使って工夫はするけど攻撃手段のバリエーションが少ないのは事実だ。

「絆くんは魔法を習得しようとは思わないのかい？」

「熟練度的に考えると、遠回りになりかねないしな……硝子、どうやって覚えるんだっけ？」

「杖《つえ》等の魔法をイメージする武器の熟練度を上げると習得できますよ」

どっちにしてもいきなり強力な魔法をこの状態で使用するのは難しいだろう。

これまでの経験からスピリットが魔法系と相性がそれなりに良いのはわかっている。

エネルギーさえ溜《た》め込んでおけば撃ち放題だからな。

とはいえ、あの強固な守りを突破するだけの強さが求められる。

「ここにいる皆さんは魔法の習得をしていませんからね」

「応急手当的な軽度の魔法は使用できるけど、生憎《あいにく》とね」

へー……さすがは商人、金になりそうな回復魔法は習得済みなんだな。

まあ使っているところを見た事が無いし、きっと熟練度は低いんだろう。

「絆くん、前にブレイブペックルに強力なアクセサリーを作らせていたよね。アレを使用するのはどうかな」

ああ、能力上昇が優秀だから硝子や紡に装備させていたオレイカルスターファイアブレスレット＋２ね。

「ドレイン強化の付与も掛かっている。闇影くんが来れば一番性能を引き出せるはずだ」

「となると、サンタペックルが声を掛けるまでは待機として……島にある素材を駆使して闇影のご機嫌取り……ゲフンゲフン、装備を作っておくのはどうだ？」

「凄《すご》く現金に聞こえてしまうのが悲しいですね」

しょうがないだろ。闇影がいれば攻撃の手数が増える。

硝子達とも異なる種類の高火力魔法の使い手は闇影だけなんだ。

しかもアイツは範囲魔法も使えるしな……ドレインだけどさ。

何よりこれまでの法則からいって、何か問題があると人員が呼べる様になる。

なので俺達のヒーロー、闇影を呼びたい。

「闇ちゃんならスピリットだし、ステータスはきっと高いはずだよね」

「だろうな」

魔法特化で戦っている訳だし、波でもMVPを取るほどの猛者《もさ》。

運営のお気に入りとか渾名《あだな》が付くくらいだもんな。

あ、いや違った、死神だった。

「むやみやたら挑戦してジリ貧になるくらいなら良いかもしれませんね。ではその案で行きましょう。それが失敗したら別の作戦を考えていけば良いですし」

「了解ー」

「開拓が滞りそうだけど、わかったよ」

「やっと闇影くんか……彼女は今、何をしているだろうか……」

闇影か……しばらく見ていないな。一ヵ月半くらいだが。

「迷惑かもしれないが、俺達には闇影が必要なんだ。てりすでもいいかもだけど」

「絆さんは闇影さんに橋から突き落とされても文句は言えないと思います」

そうかもしれない。そこは甘んじて受けよう。

六話　忍者再会

なんて感じに島でのスローライフは再開されたが……サンタペックル反応しろよ！

三日ほど、特にコレといった変化も無く、島の上空に不穏な雲が漂い続けている。

嫌な感じだな。波の亀裂みたいな嫌な空模様が続くとか……これが外から見えるＳＯＳ信号になってくれないだろうか。

「いい加減、聞いてこいよ！」

「ペックルはモンスターじゃないペン」

「またそれか！　怒鳴るとそれ以外の返事は無いのか！」

「早くラースペングーを倒してほしいペン」

「倒せるメンバーを呼びたいんだよ！」

「早く城を建てようペン」

ああもう！　サンタペックルウゼー！　複数の命令をしてくるな。

早く早くってなんでもやらせようとするな。

「早く人を呼ばせろペン！」

「絆さん落ちついてください！　ペックルの真似《まね》をしても何にもなりませんよ」

「お兄ちゃんもだいぶボケる時があるよね」

やかましいぞ、事の元凶！

「ロミナ！　闇影が好みそうな衣装は出来上がったか!?」

「もちろんだとも。彼女が喜びそうな忍び装束《しょうぞく》の作成が出来たぞ！」

ロミナが俺の指示に従い、闇影用の装備を作ってくれた。

おお……まさに忍者っぽい。くさりかたびらもあるし、足袋《たび》も込みだ。

「魔法系の彼女に合わせたボーナスが出るまで何度も作り直した。コレを着るだけで彼女は今の何倍もの強さを得るんじゃないかな」

「忍び頭巾《ずきん》も完備……後は巻物か」

アイツの忍者像は忍法系だからな。火遁《かとん》の術とか水遁の術とかのイメージだ。

要するに、ジャパニメーションシノビ！　の方向性だ。

天誅的《てんちゅうてき》なタイプとは異なるので、これで正解。

「オレイカルスターファイアブレスレットを忘れてはいけないよ」

「そうだったな。スピリット用の媒介石もだな」

「必要とされているにもかかわらず呼ばれない闇影さん……運が良いのか悪いのか、どっちなんでしょうね」

「いない事が美味しい闇ちゃんだね」

なんて感じに日が傾いてきた頃。

「誰か会いたい人は――」

「キター！」

ドンドコドンドコと俺が小躍りのパラパラをしていると硝子が距離を取った。

「あんまり引くなよ。傷つくじゃないか」

「ならもう少し自重《じちょう》してください。待っている割には釣りをしていましたよね」

「闇影に食わせるクエの確保をしていたんだ」

「昨夜捌《さば》いて食べていましたよね？　絆さんが魔法を覚えるのも良いのでは？」

まあ、それも手ではあるんだけどさ。

どちらかと言うと製造系の俺がそこまで拘《こだわ》るのもね。

後々魔法を覚えても良いかもだけど重いんだよ、エネルギー的な意味で。

アレを覚えると他の技能を下げなきゃならない。

熟練度の関係もあって下げてもスピリットはそこまで損失は無いけどさ。

釣竿《つりざお》の技とか地味に戦闘でも使えるようになってきたんだぞ。

「そんな訳で闇影な」

フレンドリストから闇影をコピー＆ペーストしてサンタペックルに命じる。

「わかったペン。会える事を祈っているペン」

とお約束の台詞《せりふ》を吐いてからサンタペックルは立ち去った。

「さて、明日は闇影くんが来る訳だが」

何やら悪だくみ的な顔をするアルト。

凄《すご》く似合うな。死の商人的な意味で。

「当然、僕を招待した時と同じ様に原住民のフリをしながら歓迎会をするんだよね？」

「いや？　普通に声を掛けようと思っているけど？」

「彼女をこれ以上いじめてどうするんだい？」

するとアルトは露骨に不快そうな目付きで俺達を睨《にら》んだ。

なんだ？　何か不満でもあるのか？

「僕だけが手荒い歓迎をされるのは納得しかねるのだが」

「それはお前の商人プレイが悪かった所為《せい》だろ」

「……うん。ヤミに罪はない」

「絆くんに同意だ。あれは君自身が招いた事だ」

「何はともあれ、僕だけ手荒い歓迎を受けるのは理不尽だ！　闇影くんにも同じ事を所望する！　じゃなきゃ僕は仕事を放棄し、カルマーペングーを量産させてもらう！」

一体アルトの何が引っかかっているのか気にはなるが、一歩も引かないといった様子で脅してくる。

相当根に持っている様だ……自業自得の癖に。

「島を出た後も覚えておきたまえよ！」

「仲間欲しさに脅しに来るか、アルト！」

「ふふ……、僕は仲間が欲しいんだ。闇影くんというね」

お前は鬼か……いや、死の商人だったな。

しかし、あの幽霊を怖がっていた闇影にそんなの大丈夫かね。

まあアルトも幽霊を怖がっていたけどさ。だが、それで闇影がお前の仲間になるとは思えないんだが。

あくまで自分と同じ境遇の被害者が欲しいんだろうか。

「はあ、しょうがない。アルトの今後の生活のためにも闇影にはがんばってもらおう」

「やったね、絆くん。仲間が増えるよ」

「そのフレーズはやめとけ！　それとその作品、続きでクズを虐殺するようになるぞ。返り討ちにして生き延びるんだよ」

「酷《ひど》い人達ですね」

うん、俺もそう思う。

そんな訳で俺達は、明日来る闇影の歓迎会の準備を始めた。

†

ドンドコドンドコドンドコドン……。

アルトの時の様な軽快なリズムを俺と硝子が叩《たた》くが、硝子はやる気が無かった以前よりも更にやる気が無い。

「ヤーハー！」

「ヤーハー」

「アーハー」

「ウェーイ」

やる気なのはアルトだけで他の連中は付き合いって感じなのがなみなみと感じられる。

事前の打ち合わせ通りのダンスだ……誰だ。ウェーイって言った奴。

「もっとテンションを上げるんだ！　僕の時はこんなものじゃなかっただろう！」

「あれは君への恨みが募っていたからね。自業自得だと思わないかい？」

「死の商人であるからにはタダでは転ばない！　反省なんて簡単にしてやるものか」

あ、ロミナが深く溜息《ためいき》を漏《も》らした。アルトもそこそこワガママなところがあるんだな。

まあ、俺達限定かもしれないけど。

しかし、ついに死の商人にプライドを持ち始めたぞ。

「あんまり闇影くんを驚かせない様に。彼女は君ほどの悪さなどしていない。むしろ健全な人物なんだから」

「そうそう、闇ちゃんは素直でノリが良い子だよ」

「そう……」

「自他共に認めるコミュ障だけどな」

「く……味方が誰もいない！　これが絆くんだったらどれだけ良かった事か！」

あ、ロミナが俺の方を見て微妙に頷《うなず》いている。

俺ってそういうポジション？　まあナチュラルにクズだな、という自覚はあるけどさ。

しかし、これが闇影ではなく紡だったとしたら……アルトと同じテンションだな。

これが身内補正か。

「確かに、絆くんだったらもう少しやる気は出たかもしれないな」

「お兄ちゃんへのいたずらなら賛成！」

「うん」

……ふむ。俺も色々と反省しなきゃいけなさそうだな。

妹へのいたずらなら賛成！　とかまた文句を言われそうな返答をしそうになったが、今は黙っておこう。

「ここ数日の事を考えると否定できませんね」

「まあ……」

「では君達、始めるぞ！」

「Start the mischief in darkness shadow!」

だからしぇりる！　こんな時だけ流暢《りゅうちょう》に英語を話すな！

そんな訳で……浜辺で真っ直ぐに横になっている闇影（撮影済み）にアルトが接近して硬直を解く。

「こ、ここは!?　浜辺!?」

「ヤッハー！　ナカマナカマ！　キズナテキドウメー！」

なんで俺なんだよ。

お前を呼んだのはロミナだろうが。

共通の敵を作ろうとするんじゃない。

「ヒホッホー！」

「ハッホホッホー！」

「ソーソー！」

……僅《わず》かに葉の隙間《すきま》から見る限り、アルト以外のやる気が若干低めの脅しが始まった。

「う、うあああああああああ！　わたしに何をするのぉおおおおお！」

あ、闇影がキャラを演じるのを忘れて絶叫を上げている。

しかも立ち上がって凄《すご》い速度で逃げ出した！

「ドウメーハイレー！　ナベナベー！」

アルトが率先して鍋の方に闇影を誘導しようとしているがさすがの闇影もバカではない。

「そ、そうだ！　帰路ノ写本を使うでござる！」

割と余裕があるんじゃないか？　キャラが戻ったぞ。

で、アルトの時と同じく闇影は浜辺に転移した。

「きょ、強制セーブでござるか!?」

使う事を予測していたのか、アルトが先回りしている。

どんだけやる気なんだ。

「ニゲニゲムダムダー！」

なんて感じで逃げようとした闇影をアルト達が追いかける。

のだが……。

「ここは逃げるが勝ちでござる！　ドロン！」

ボフッと闇影は煙を出して逃げ出した。しかも隠蔽《いんぺい》系のスキルで隠れたな。

演技も完全に復活している。ドロンじゃねーよ。

「トー！」

紡が隠蔽《いんぺい》で逃げる闇影をあぶり出した。

「マテマテー！　オエーオェエエエ！」

あ、アルトの奴、一人だけ闇影のステータスの高さに追いつけずに出遅れている。

このメンツの中で逃げる闇影に追いつけるのは紡と硝子くらいなもんだ。

「今は現状把握でござる！」

余裕が生まれた闇影は逃げる逃げる。

この頃になってやっと紡としぇりるがやる気を見せて囲い込み始めた。

確かにこの動きの良さは追い詰めたくなるかもしれない。

「く……ドレインでござ……指定できない!?」

「オトナシクツカカー！」

「GET！」

「ちょ!?　やめるでござる！　これは何かのイベントでござるかー！」

「ペックルはモンスターじゃないペン」

どうにか捕らえる事が出来た様で、疲れ切ったアルトが闇影を設置したキャンプファイアーの方へと誘導させたのだが、作業中のペックルが近くを通りかかって雰囲気が出ない。

のほほんとしているというか、微妙にシュールな光景だ。

「ジャマジャマー！」

「わかったペン」

ペックルカウンターで強引に移動させているが、ペックルは結構数が増えてきているからなぁ……。

しかもアルトを呼んだ時よりも遥《はる》かに開拓が進んでいて、浜辺からでも島の建物が見えるんだ。

以前よりも観光地感が増しているというか……。

「とうとう拙者《せっしゃ》の番だとでも言うのでござるか⁉　だ、誰か味方はいないでござるかー！

誰か助けてお願いー！」

うーん……そろそろネタばらしした方が良いんじゃないか？

なんて感じでリズムを取るのをやめようとした、その時――。

「ハイドビハインドからの……シャドウダッシュでござる！」

またも闇影は魔法とスキルを使用し、影移動とでもいうかの様な動きでアルト達の背後に回り込んで逃げ出す。

ここにきて新スキルの連続とは……中々やるじゃないか。

「……なんと言いますか、闇影さんって結構動きますよね」

「そうだな。割と冷静なんだろうか？」

「時々助けを求めていますし、混乱しているのは確かだと思いますよ」

アルトみたいに戦闘能力なしじゃないからなぁ。

初めて会った時もリザードマンダークナイトから逃げてたし、逃げ足は速いんだよな。

移動系や回避系のスキルも取っているみたいだし、忍法忍者って感じだ。

アルト……闇影を捕らえて驚かすのは相当に難しいのがわかったんじゃないか？

「ウガー！　シュダンエラバン！」

あ、アルトが手段を選ばずにいつの間にか作ったらしい火炎瓶を投げて闇影の進行先を遮《さえぎ》る。

ちなみにプレイヤーには攻撃が当たらないはずなので、すり抜ける事が出来るはず。

だが、見た目の効果は抜群だったのか闇影が炎を避けて追い込まれていく。

「く……拙者もここまでか！」

「フフフ！　ドウメードウメー！」

被害者同盟に加入しろと言いたいのだろうが、これは逆効果だぞアルト。

「ここでくじけては忍びの名折れ！　さあ！　どんなイベントかを説明するでござる！」

「……」

完全に白けちゃったな。

寝起きドッキリだから効果がある訳で、目が覚めた状態では騙《だま》せるもんじゃない。

色々とやり方がグダグダだったな。

「あー……アルト、もうお前の負けで良いよな？」

「く、くそ……この忍者め！　汚い！　忍者汚い！」

ガクッとアルトは脱力した様に膝《ひざ》をついて項垂《うなだ》れる。汚さはお前ほどじゃないと思うぞ。

どういう意思がそうまでさせたのかは知らないが、意外にノリが良いのかもしれない。

まあ商人的なロールプレイをするくらいだしな。

「こ、この声は⁉　絆殿⁉」

葉っぱの影から硝子と一緒に姿を現して闇影に声を掛ける。

もちろん、紡やしぇりるも変装をやめて着替えていた。

「こ、これは一体⁉　何が起こっているでござるか！」

「なんというか……実はな――」

俺は島に流れ着いてから今までの経緯を闇影に説明した。

結果、闇影はこれまでに無いほどに驚きの声を上げた後。

「酷《ひど》いでござる酷いでござる！　拙者《せっしゃ》を後回しにするなんて酷いでござる！　絆殿の所為《せい》で拙者がどれだけの思いをしたか知るべきでござる！」

闇影が駄々っ子パンチを俺にし始める。子供かお前は！

ゲームのキャラだから実年齢は謎だけど、闇影の行動は子供そのものだな。

俺よりも背が高い奴が駄々っ子の様に殴ってくる光景は目に余るし、これからは年下という扱いで行こう。

「闇影、お前の近況はどうなんだ？」

「散々でござる！」

そうだろうな、とは思っていた。闇影は愚痴《ぐち》るかのように説明を始めた。

硝子と一緒に活動していたが、ある日硝子が忽然《こつぜん》と姿を消して連絡が取れなくなり、しぇりるの所に上がり込んだ後、しぇりるが行方知れずに……やむなくロミナの所に行ったところで同様の結果に。既にこの段階で悪い噂《うわさ》が広まり、街を歩けば人が距離を置く始末。

変なプレイヤーにも絡まれるし、たまったものではなかったそうだ。

波にも参加して好成績を残していたのが追い打ちとなり、チートをしていたから強制ログアウトをさせられたんだろ！　などと罵《ののし》られたとか何とか。

それはそいつが悪い。後で運営に通報だな。

イベント的にもそう誤認されそうな部分を孕《はら》んでいるしさ。

というか、そもそもゲーム開始までゲームに触れる事も出来ないのにチートもクソも無いと思うんだが。

まあ、ここまでの経緯はアルトから聞いていたから想像通りだ。

七話　紐《ひも》なしバンジー

「で、アルトが消えた後は？」

「もう誰も頼る事が出来ないと拙者《せっしゃ》！　狩り以外宿に閉じこもってたでござる！　らるく殿達に『お前は死神じゃねえ事を証明してやるよ！』って声を掛けてもらって申し訳ない気持ちだったでござる」

あー……そうなるのか。これについては本気で謝罪したい。

悪意で闇影を追い詰めた訳じゃないのだが、結果的にそうなってしまった。

ゲームは楽しくするのが俺の信条だ。

紡の時にも思ったが、みんなが楽しめないプレイスタイルは自分自身でも看過できない。

道理で新しい魔法やスキルを覚えている訳だ。闇影も鍛錬は欠かさない。コミュ障の割に神経が図太い。

しかし、狩りに行く余裕はあったのか……らるく達のお陰か。というか軽いけどアイツらいい人だよな。再会したら礼を言わなきゃな。

「某《それがし》、途中で変な夢を何度も見たでござる！　突如語尾がごじゃるになって影武者をしていたり、なんか人相の悪い勇者を陰ながら見守っていたりする夢を見たでござる。どっちが現実でござるか⁉」

「何を言っているんだ、お前は⁉」

これはヤバイ。ぼっちが酷《ひど》くなり過ぎて謎の幻覚を見るにまで至っている。

それ以前の問題として『ごじゃる』の前に『某』とか一人称が安定していない。

自分なのか拙者なのか某なのかハッキリしろ。実は相当追い込まれているんじゃないだろうか？

そりゃあ、らるく達も放っておけない。人情派だし……俺も無視できるのか怪しいぞ。

「もう余《よ》は絆殿達とは何年も会っていなかった様な気がするでござる！」

「さすがにそれは気の所為《せい》だ」

せいぜい一ヵ月半くらいだろう。地底湖での十五日間はカウントしない。

「あと、一人称をなんとかしろ。キャラを安定させるんだ」

「孤独というのは人をここまで追い詰めるものなんですね……」

「らるくさん達と一緒にいたはずなのにね」

闇影が想像以上にやばいので、とりあえず安定化を図る。

キャラクター的に拙者が安定するか？

「ともかく、闇影、やっとお前をこの島に呼び出す事が出来た訳だ。急に呼びつけて申し訳なかった」

頭を下げて、本気で謝る。

「むしろ呼ばなかった事を怒っているでござる！」

「本当にすまなかった。言い訳をさせてもらうと、ペックルが悪さをしなきゃロミナは呼ばなかったはずだから、責任はペックルにあると思ってくれ」

「ここまできて責任転嫁をするんですか⁉」

「橋から突き落とすしかないね」

アレをやれってのか？　それで許してくれるならやるが、正直勘弁願いたいんだけどな。

割と何度も落下しているし……だが、アルト。その時はお前も一緒だ。

闇影を追い詰めようとしたのはお前なんだからな。

「心臓に悪過ぎるでござる！　昨夜なんて夜中に床から大きな手が出てきて襲いかかってきたでござるよ！」

なんだそのイベント。開発者悪質過ぎだろ。

しかもそっちのイベントまで俺の所為《せい》にされそうだぞ。

大体俺が悪いのは認めるが、ホラーイベントについては否定させてくれ。

「これもある意味、運営の悪ふざけって事なのかもしれないな。イベントをクリアしたメンバーが一人……また一人と消えていき、そして……みたいな」

「些《いささ》かフラグが適当過ぎると思うがね」

ロミナのツッコミに同意だな。

幽霊船をクリアした際のパーティーメンバー限定とか制限を掛けた方が良かっただろう。

「ボッチがクリアしてしまう可能性を懸念したとかじゃないか？　開拓に適した人材を呼べるようにって感じで」

「まあ絆くん達を見れば不仲になりそうな要素がゴロゴロと転がっているからね」

確かにそうだよな。

リミテッドディメンションウェーブに参加したプレイヤー全員で開拓をするって方が自然な流れだと思う。

長期クエスト的な感じでさ……どうして分散させたんだろうか。

分散させるにしても個々が別の場所に流されていて、クエストを達成しながら合流するとか、やりようはあると思うんだが。

「これぞセカンドライフだと運営が開き直りそうな話題だね」

内容的にありそうで怖い話だ。ゲームとして大丈夫なのかね。

世の中にはＰｖＰを謳《うた》うゲームなんかもあるし、そのあたりはゲーム内容や運営の方針とプレイヤーが合うかどうかという面を否定できないんだよな。

仕様だと言われればそれまでだしさ。

優良誤認ではない事を祈るばかりだ。

「ともかく、そんな恐怖を植えつけてしまった闇影には罪滅ぼしの品々を献上しようと思う」

「な、なんでござるか？」

俺はロミナと一緒に闇影のためにと特注した装備群を渡す。

「こ、これはなんでござるか！　装備するだけで今までの三倍近く能力値が伸びるでござるよ！」

まあ、突き詰めた訳だしなー。

そもそもロミナの話では装備の桁がまだ少ないから驚異的に見えるだけで、今後もどんどん伸びていくって予測を立てている。

武器の攻撃力が30程度だったとして、今の装備の攻撃力が90だったら間違いなく三倍だろ？

ゲーム開始がそんなものでも、ゲーム終了時は２５００……いや、４０００００くらい攻撃力があるなんてゲームはそう珍しくない。

「絆殿達がここまでの代物《しろもの》を拙者《せっしゃ》にくれるにはきっと何か裏があるはずでござる！」

あ、滅茶苦茶警戒している。

闇影、よくわかっているじゃないか。だけどコイツ、全部装備しやがった。

かなり要求スペックが高いはずなんだが……エネルギーも溜《た》め込んでやがるな。

今まで同類だと思っていたが、実は硝子並にプレイヤースキルが高いとか、そういう展開だったりするのか？

「やったね、絆くん！　理解ある仲間だね！」

アルト、親指を立てるな。そのネタ好きなのか？

「理解されているのを喜べばいいのか……きっと、嘆けば良いのでしょうね」

硝子の台詞《せりふ》が痛いね。

「闇ちゃんがどれくらい強くなっているのか見ものだよね、お兄ちゃん！」

確かにな。そこまで能力が上がっているならば俺達が直面している問題も容易《たやす》く突破できるかもしれない。

だが、見ものって、なんでお前はそんなに上から目線なんだ。

「闇影くん、このカルミラ島という開拓地は寄り道クエストかもしれないが、前線組が戦っている場所よりも先の場所なのは間違いないと思う。その装備は私達が努力して作りあげた品なんだ。どうか協力を頼めないだろうか？」

「そういえば……みんな装備が変わっているでござる。拙者《せっしゃ》も何か出来るでござるか？」

「場合によっては紡の代わりに呼んだんだけどな」

もちろん紡と闇影だったらどっちにするかの経緯も説明したぞ。

俺が如何《いか》に合理的であったか、ナチュラルにクズな感じで展開された。

闇影が凄《すご》く微妙そうな顔をしているのはこの際無視だ。

「わかったでござるよ……幽霊船での出来事からバラバラだったのがこうして集まりに混ざれたのを素直に喜ぶでござる」

よし、上手く丸め込めたぞ。

……いや、別にそこまでクズに成り下がるつもりはないが。

ノリ的な意味で。

「今なら何でも出来そうでござる。絆殿、拙者に何をしてもらいたいでござるか？」

「ああ、紡がやらかした所為《せい》で出現した隠しボスに挑んでもらいたいんだ」

「隠しボスでござるか。燃える展開でござるな！」

俺はラースペングーの支配域となっている場所の上空を指差す。

闇影もどこか悟ったのか息を飲むようにして頷《うなず》いた。

「そんな訳で、待ち望んだ助っ人、闇影のデビュー戦だな」

「ところで橋から突き落とす罰ゲームはいつやるでござるか？」

チィ！　闇影、覚えていやがったか！

ちなみに罰ゲームをさせられたのは言うまでもない。

レッツ紐《ひも》なしバンジー！

「やっふーーーーーー！」

もちろんアルトも紐なしバンジー！

「ぼ、僕がなんで、うわああああああああ!?」

ついでに紡も紐なしバンジー！

「ちょ、わかってるけどこれは勘弁、わああああああああ!?」

こうして首謀者達は橋の下に消えたのだった。

†

3……2……1……ラースペングーの支配域の前にある光の玉にアクセスするとカウントダウンが始まり、再戦が出来る。

前回と同じくブレイブペックルが横になっているところから始まるみたいだ。

「そうそう、建設した図書館でブレイブペックルの伝説って本が閲覧できたよ」

「ああ、あの建てると同時に本が収まっていた図書館か」

「蔵書は一部だけだよ。ちなみに書記のペックルが建設後に説明した話によると、島じゅうに書物が埋まっていたり釣れたり、特定のペックルが持っていたりするそうだよ」

なんだその謎のシステム！　まだ謎の資料が見つかるのか？

きっと釣れるペックルみたいに本が出るんだろうな。

「本を拾うと図書館に転送されるから安心してほしい」

水中から出現する本が図書館に……濡《ぬ》れて大変な事になりそうだけど、そこはゲームだから大丈夫なんだろう。

そもそもそこを気にするならモンスターが装備をドロップするのもおかしいしな。

「で、わかった情報を説明するよ」

「ああ」

「勇者はカルマを背負った変異をする事があるらしい。主に七つの大罪にちなんだ名前に変異をするそうだよ。させるなと書いてあるけど、想定されたイベントならば何か報酬が期待できるはず」

「へー……ラースペングーの憤怒《ふんぬ》はストレスが原因じゃないって事？」

「その様だね。で、ブレイブペックルにとってあの赤髪の女は敵対関係らしい。設定上相当悪女な人形らしいよ」

「ラースペングーイベントが発生する直前に笑ったんだったか」

不気味過ぎて気色悪いぞ。

つまり呪いの大元は赤髪の女人形で、ブレイブペックルじゃなかったって事か。

「ヒントも載っていた。ブレイブペックルを参考にすれば攻撃の切り口が見えてくるのはわかるね？」

「あー……技能系は優秀で、ダンジョンに派遣する場合、攻撃能力が無い点だな」

仲間前提のペックルだ。だからあの戦闘スタイルだった訳ね。

「そう、あのブレイブペックルは守護を担う盾を持ったペックル。実際のところ、魔法にも相応の耐性を持ってはいるだろうね。とはいえ、モンスター辞典的な物が出ていたから対抗手段も載っていたよ」

図書館故にモンスターの情報も蓄積されているって事かな？

「じゃあ闇影がいても同様の結果になるのか？」

「いいや。やはりというか、どちらかと言うと魔法攻撃向けの様だよ。近接で攻めるなら防御無視か比例攻撃を推奨されていたけど、遠距離か魔法の方が僅《わず》かに耐性が低めだ。炎以外ならそこそこ通るはずだよ。後は試すしかない」

「あいよ！　じゃあみんな、行くぞ！」

俺の声にみんな頷《うなず》き、打ち合わせ通りの陣形を取る。

主にスピリットが前衛となってダークフィロリアルの猛攻に耐えつつ、ラースペングーへ攻撃を集中させる。

紡は出来る限りダークフィロリアルと対峙《たいじ》してラースペングーは刺激しない。

俺や硝子、闇影が遠距離攻撃でラースペングーをチクチク弄《なぶ》り、しぇりるとロミナが弓矢で援護射撃。

アイアンメイデンを放たれそうになったらみんなで破壊に走る。

そう決めて、ラースペングーと再び対峙した。

前回と同じく姿を現したラースペングーに打ち合わせ通りの陣形を取り、ダークフィロリアルを紡と対峙させ、俺達はラースペングーがダークフィロリアルを守れない様に遮《さえぎ》る形で陣形を組む。

近接攻撃はNG。

出来る限り距離を取りつつラースペングーを攻める。

「ドレインでござるー！」

バシン！　と、妙に派手なエフェクトが闇影の放った魔法を受けたラースペングーで発生する。

見ると……硝子が防御無視攻撃を放った時に減ったHPよりも多く減っている。

数字的に言えば硝子が一発当てるごとに０・５％だとすると１％のダメージが入っている様だ。

「……効きは悪いでござるな」

あれで悪いらしい。やはり魔法防御も高いみたいだ。

とはいえ、こちらは特化装備なのである程度効いているってところか。

「この装備は凄《すご》いでござるな！　拙者《せっしゃ》の魔法が軒並み強化されているでござる！　サークルドレインでござる！」

今度はダークフィロリアルを含めてラースペングーに闇影が魔法を当てる。

誘導性が高いから簡単に当たっている様に見えるな。

「更にオマケでござる！」

闇影が忍術の印を描いて、光の玉がラースペングーに命中する。

こっちはあまりダメージが入っている様に見えない。

けど立て続けに唱え続けるとそれだけダメージが入り続ける。

ラースペングーの奴、ダークフィロリアルの体力を回復させるので精一杯になってきてるぞ。

これは行けそうだ！

「今度は負けないもんね！　紅天大車輪《くてんだいしゃりん》！」

紡が鎌でダークフィロリアルに連続攻撃をし続ける。

それだけで結構ダークフィロリアルの体力が削れてきている様に見える。

ただ、ダークフィロリアルは素早いために本気で移動されると包囲網を突破されてしまう。

そうなったら狙われた人員が走ってラースペングーから引きはがす。

「良い調子ですね！　一気に畳みかけましょう！　輪舞《りんぶ》零《ぜろ》ノ型《かた》・雪月花《せつげっか》！」

硝子が大技、雪月花を放つ。

するとラースペングーは大技に反応して盾の檻《おり》で守りを固める。

「隙《すき》だらけでござる！」

その隙を逃さずに闇影が大きく魔法詠唱に入った。

そしてラースペングーの盾の檻の効果時間が切れた瞬間。

「ブラッディーレインでござる！」

隙を逃さないとばかりに闇影の大魔法が作動。

ラースペングー目掛けて真っ赤な雨が降り注ぐ。

「ペエエエエ⁉」

ジュッとラースペングーの全身から煙が立ち込める。

強力な酸性雨みたいな魔法だ。完全に闇魔法だな、これ。

属性相性は良くなさそうだけど、闇影の装備は一級品で固めてある。

強引に魔法防御をぶち抜くだけの威力が出せている様だ。

「範囲に永続ダメージと防御力低下効果がある血の雨を降らせる魔法でござる！」

「順調ですね！」

硝子がそう言った瞬間！　脅威度の高い闇影に向かってラースペングーとダークフィロリアルが同時に突貫してくる。

「クエエエエエエエエエエ！」

「うわ！　凄《すご》く速いでござる⁉」

ダークフィロリアルが高速の八連撃で硝子と紡の妨害を突破して闇影に殴りつけ、それが終わるや否やラースペングーが盾の檻で闇影を閉じ込めてアイアンメイデンを放つ。

闇影も魔法詠唱の隙《すき》を突かれて被弾してしまった。

装備が良いから致命傷は避けられているけどダメージは入ったはずだ。

「邪魔です！」

「そうだよ！　一方的にやられると思ったら大間違い！　鎌技《れんぎ》・クレセントシックル！」

紡が鎌を横に振りかぶるとダークフィロリアルに向けて三日月形の斬撃が飛んでいく。

そしてダークフィロリアルを切り裂いて、背後に出現していたアイアンメイデンへと飛んでいく。

チュインと音を立ててアイアンメイデンにぶつかって紡の技は消失。

「まだまだ！　輪舞《りんぶ》二《に》ノ型《かた》・吹雪《ふぶき》！」

二つの扇子で花吹雪を発生させてアイアンメイデンに切りつける。

後は俺やロミナ、しぇりるがやる番だな！

「ルアーダブルニードル！」

ガッッとルアーをアイアンメイデンに引っつけて、ロミナとしぇりるが放つ特製の矢を待つ。

「行くよ！」

ロミナとしぇりるがアルトと一緒に作りだしたのは爆弾付きの矢だ。

射程が随分と短いが放てば相当の威力が出る。

ドゴンと矢が当たった直後、爆裂してアイアンメイデンが砕け散る。

「プハ！　死ぬかと思ったでござる！」

盾の檻《おり》から抜けだした闇影がそう漏《も》らした。

硝子と同等のエネルギーを持っているなら一撃を受けただけでは死なないだろうが、ダメージがきついからな。とは思うが、それどころじゃない。

「大丈夫か闇影！」

「絆殿達の装備がハイスペック過ぎて問題ないでござるよ」

おお、それは何よりだ。一番遅い参戦なのに一番能力が高いとは羨《うらや》ましいな。

初期の人物ほどインフレに追いつけず置いていかれるのは最近のゲームなんかの性《さが》だけ

どディメンションウェーブではどんなもんなんだろうか。

「よし！　アイアンメイデンも無効化した！　一気に畳みかけるぞ！」

「「「おー！」」」

なんて感じにラースペングーとダークフィロリアルを打ち合わせ通りにチクチクと攻撃していく。

「……この手ごたえと感覚、間違いないですね」

硝子が何かわかったのか呟《つぶや》く。

「何が？」

「闇影さんが参加した今回の戦いと前回とでラースペングーの守りが若干上がっています。挑戦人数で能力値が変動するのだと思います」

なるほど、つまりもっと人数が多い場合、相応の強さになるのか。

多勢に無勢で畳みかけられない様に作られているのか……厄介な。

どちらにしても勝機は見えた！

そう思ったその時、ラースペングーの体力が半分を切った頃だろうか。

「乗った!?」

そう、ダークフィロリアルにラースペングーが乗っかり、フィールドを素早く走りまわり始めた。

くっそ！　足が速いぞ！　しかもなぜか攻撃をしてこなくなった。

「これは……時間切れまで逃げようとしているのではないでしょうか？」

残り時間十八分まで減っている。

ピンチになったら逃げるとか……。

「どこまでも面倒な戦闘スタイルをしていやがるな！　だが、事逃げる奴を追い詰めるのは俺の専売特許！　即席落とし穴だ！」

罠《わな》の技能を上げていたのがここで役立つ。

少し離れた所に大量の罠を設置して追い詰める。

「クエ⁉」

ダークフィロリアルが罠に足を取られて動きが止まる。

「今だ！　バインドルアー！」

ラースペングーにルアーを引っかける。

ラースペングーが必死に抵抗するがルアーが引っついている限り、逃げられない。

リールを巻いて、逃亡距離を制限する。

「おお……凄《すご》いでござるな！」

「さすがはお兄ちゃん。罠がここで役に立つなんて思わなかったよ！」

「今の内に畳みかけろ！　効果が切れてすぐに逃げるぞ！」

「わかったでござる」

「行きます！」

そんな訳で逃げるラースペングーを罠とルアーで抑えつけ、どうにか攻撃を当て続け……やっと体力を削り切った。

「ペエエエエエ――」

「……やったか？」

「なんという、生存フラグ」

なんてお約束な会話をしていると黒い炎が収縮していき、ラースペングーが所持する黒い盾が砕け散ってブレイブペックルの盾に戻る。

ダークフィロリアルは影となって霧散して消え去った。

そしてブレイブペックルが倒れる演出と共に空が青空に変わった。

どうやらお約束の生きている展開は無いらしい。

「おお……今までが不穏な雲だった故に圧巻でござる！」

「見慣れた空のはずなのに綺麗だと思えるね」

アルトがそんな空を見上げて呟《つぶや》いた。

「どうにか仕留めたか……」

ったく……とんでもない隠しボスだった。

少なくともソウルイーターの比じゃないし、ドラゴンゾンビよりも遥《はる》かに倒しづらかった。

紡や硝子の戦闘センスだけでどうにか出来る相手じゃなかったし。

エネルギーブレイドで仕留めるのは……きっと難しかっただろう。出来たとしても最後の手段だしな。

「さーて、ボスを倒したんだから解体か？」

「ブレイブペックルをですか？」

……確かに死体というか、ブレイブペックルに戻っただけだ。ボスの癖に素材が無いのか？

なんて思いながら倒れているブレイブペックルのもとに近寄ると、近くに何かが落ちているのを発見した。

「また謎の赤髪の女人形か？」

事の原因である人形かと近づくと……なんだこれ？

ぬいぐるみか？

「あ、なんかカワイー！　たぬきのぬいぐるみ？　アライグマかな？」

たぬきともアライグマとも言いがたい変わったデザインのぬいぐるみがブレイブペックルの近くに転がっていた。

とりあえず拾ってみる。


ラフぬいぐるみ　ブレイブペックル専用アクセサリー。

ブレイブペックルが大切にしている存在を模《かたど》ったぬいぐるみ。

このぬいぐるみがある限りブレイブペックルは憤怒《ふんぬ》に飲まれる事は無い。


アクセサリー？　あ、テキストがあるぞ？

「スッキリしたペン！」

ブレイブペックルが起き上がって俺の方を見ながら喋《しゃべ》り始める。

スッキリ……スッキリねぇ……。

「随分と暴れたもんな、お前」

「もう二度とあの女を見せるんじゃないペン！」

あ、そのあたりは記憶するＡＩ設定なのか。

で、ブレイブペックルは俺が持っているぬいぐるみを凝視している。

ここでグリグリと押しつければネタ的に美味しい気がするぞ。

「うりうり！　これでも食らえ！」

ラフぬいぐるみをブレイブペックルに押し当ててみる。

押し当てたぬいぐるみをブレイブペックルは目で追っている反応を示すが特に不快そうにはしていない。

「……」

「絆さん……」

「絆殿、お約束は絶対に外さないでござるな」

「ネタに走るのは姉妹だからかな？」

「血筋」

あ、周囲のみんなが呆《あき》れている。美味しいからやっただけだぞ。

紡の兄的な意味で。

「絆さん、そのぬいぐるみ……」

「テキストを見る限りだと装備させると憤怒《ふんぬ》に飲まれないみたいだけど」

「絆くん、それなら試しに装備させてみてくれないか？」

「ん？　ああ」

俺はブレイブペックルにぬいぐるみを手渡す。

するとブレイブペックルはそのぬいぐるみを優しげな笑みを浮かべて一度強く抱擁《ほうよう》したかと思うと背負った。

「おお……」

直後にアルトが声を零《こぼ》す。

「ブレイブペックルの技能や能力値が三割増しになった。かなり優秀な専用装備だよ」

「これがイベント報酬でござるか？」

「割に合わない気がするが……」

ブレイブペックルが復帰するだけでも十分なのかもしれないけどさ。

「とんでもない！　ブレイブペックルが戻るだけでも十分に収穫さ！」

まあアルトがそれで良いなら良いんだけど……。

「さあ！　これから作業に戻ろうじゃないか！　闇影くんはこの島のモンスターの強さをダンジョンあたりで肌で感じてくるのが良いと思うよ」

戦闘中見ていただけだったアルトが謎のリーダー面《づら》。

いや、ペックル関連は任せているけどさ。

「先ほどの戦いで十分実感しているでござるが……」

「まあまあ、じゃあ闇影さんを案内しましょうか」

硝子がそう言って案内を始める。闇影、一躍ヒーローだな。

それに見合う活躍をしていたけどさ。

「闇ちゃん、一緒にダンジョンに潜ろうね。闇ちゃんさえいれば簡単だよ！　きっと」

「おー！　行ってくると良いぞ。俺は俺で色々とやっておくから」

「絆さんは本当、マイペースですね」

「それは褒めていないな」

「ええ、また釣りをするのでしょう？」

「もちろん、今度は沖合いの深い所を狙う予定だ」

釣りがしたくてゲームに参加した事を忘れてはいけない。

カジキマグロとか釣りたいなートローリングが出来ないかしぇりるに頼んでみよう。

「絆さんらしいですね。今度一緒に釣りをしましょう」

そういえば最近、準備に追われて釣りをやってなかったもんな。硝子の場合、付き合いで言ってくれているだけかもしれないが。

「という訳でロミナとしぇりる、アルトも思い思いに作業に入ろう。城造りの手伝いでも良い」

「そうだね……腕前を上げなきゃいけない頃合いだし、十分に強化するだけの強さも欲しい。やりたい事が多くて困るくらいさ」

「……そう」

なんて感じで俺達はその後も各々仕事を続けたのだった。

ちなみにすぐに判明した事なのだが、ラースペングーのドロップ品のぬいぐるみ、相当高性能だったのがアルトの口から明らかになった。

全能力値三割増加は元よりストレスゲージの増え方が半分に、そしてストレスが70％を超えそうになると勝手に休眠状態になるセーフティ効果まで付く。

おまけにブレイブペックルの近くにいるペックルのストレスゲージの上昇を軽減する効果まで付くそうだ。

これがどれだけ凄《すご》いかと言うと、ブレイブペックルに何かアクセサリーを作らせて付与させたら、指揮をさせてもしばらくは保《も》つほど。

城造りの速度が二倍になったらしい。極めつけはブレイブペックルが時々料理を作って献上してくれるそうだ。

この料理にはペックルのストレスを解消し、一定時間能力に大幅なボーナスが掛かる。人が食べても効果があるのだから恐ろしいとか。

難点は人用の料理をくれる頻度は極めて少ない事らしいけど、凄い報酬をくれたもんだ。

†

「……」

深夜、俺は相も変わらず夜釣りをしていた。

ちょっと前まで硝子もいたんだが、眠くなったらしく仮眠しに帰ってしまった。

硝子は人気者なので忙しいんだ。

特にダンジョンで紡と一緒に狩りをしたり、城造りを手伝ったり、かなり真面目に取り組んでいるので眠くなるのもしょうがない。

仮眠を勧めたのも俺だ。

地底湖で釣りをしていた時もそうだけど、考え事をしながら釣りをするのが結構好きだ。

もちろん硝子達と一緒にいるのが窮屈とか、そういう訳じゃない。みんなと一緒にいるのは楽しい。

けれど、一人で水音を聞きながら釣りをするのも別の楽しさがあるんだ。

「絆殿は相変わらずでござるな」

「闇影か」

振り返ると闇影が立っていた。こんな深夜に一人とは珍しい……いや、忍者的には夜が本領なのか？

初めて会った時も夜に行動していたし、本来は夜型なのかもしれないが……寝るのも早いんだよな。

「どうした。眠れないのか？」

「拙者《せっしゃ》……いや、自分、まだこの島では新参者故、探索をしていたでござる」

こんな時間に？　もしかして言いたくない事でもあるんだろうか。

言いたくないなら別に良いけどさ。

ところで、もう精神は回復しているはずなのに拙者か自分かでキャラが割れている気がするぞ。

「幽霊は苦手なのに夜は大丈夫なのな」

「夜は人が少ないからでござる」

幽霊だけじゃなくて人間も怖いのか。何だかんだでコミュ障という事なのかもしれない。

そういえば引きこもりのニートと呼ばれる様な人でも深夜のコンビニに出かけるのは怖くない、なんて話を聞いた事がある。

闇影もそういう感じだったりするんだろうか。

「なるほどな……夜食でも食うか？」

何より地底湖で鍛えた料理スキルを披露するのも悪くない。

まあ魚だけどさ。そのあたりは闇影だって理解しているだろう。

「じゃあ一つもらうでござる」

「了解。ちょっと待ってろ」

クエだったら鍋にしたが、今はクエの在庫が無いので普通の魚だ。

なので焼き魚。ゲームなので料理スキルの効果は大きく、ただの焼き魚でも違いが出る。

他にも焼き時間とか使う素材とか、調理方法とか色々あるんだけどさ。

「そういえば、呼ぶのが遅くてすまなかったな」

「謝罪なら既に聞いたでござるが？」

ああ、紐《ひも》なしバンジーな。

アルトと紡も巻き込んで飛び込んだアレだ。まあ、ああいう謝罪も冗談らしくて嫌いじゃない。

仲間らしく笑って謝れる的な感じだ。

「掘り返すみたいで悪いけど、一応しっかり謝りたかったんだよ」

「拙者《せっしゃ》は既に許したでござる。そもそもゲームシステムを利用しただけなのに、そこまで強くは責められないでござる」

紡の赤髪人形事件だってゲーム的に設定されたモノだから強くは責めなかったしな。

普段と違う現象が発生した時に色々試したくなるのはゲーマーの性《さが》だし。

「……そもそも本当に垢《あか》ＢＡＮにされていた方が怖いでござる」

「まあ……確かに」

「そういう意味では絆殿達が無事で一安心でござるな」

……？　何か含みのある表現だった気がする。

実際に頭で文字にしても違和感は無いので、気の所為《せい》だろう。

「そうじゃなくて……ゲームだから許せない事だってあるだろ？」

「だから怖かったのでござるが……」

文句を言うのは闇影の側のはずなんだがな。

闇影の立場から考えれば変な噂《うわさ》が事実だったら怖いか……。

「まあ、俺としては闇影に限らず、この島に呼んだ奴が全員良い奴で良かったな、と思ってな」

硝子から順に呼んでいって最後に闇影だ。みんな突然の事態に順応できるタイプだから良かったというのもある。

むしろ思いもよらない出来事を楽しむ事が出来るのは長所だ。

このゲームが少し変わった形式を取っているゲームだからというのもあるが、譲れないプレイスタイルとか、それぞれ持っているもんだ。

それなのにみんな許してくれた。だから俺は恵まれている。

「……絆殿がおかしいでござる」

「センチメンタルが似合わなくて悪かったな。ほらよ」

そう言いながら出来上がった焼き魚を渡す。

焼き魚を受け取る闇影を見ながら釣りを再開。

「今日はそういう雰囲気の話が出来る日でござるか？」

「ん？　まあ南の島でのサバイバルだし、月も綺麗だからそういう日があっても良いんじゃないか？」

「そうでござるか……」

俺の気分に触発されたのか、闇影も静かな雰囲気を纏《まと》い始めた。

正直、いつもテンションの高い忍者キャラだけに、この後どんな展開になるか想像も出来ない。

「拙者《せっしゃ》、実はこのゲームを始めた時、機嫌が悪かったでござる」

「へー……なんでだ？」

「一緒にやる相手が急用で来られなくなってしまったのでござる」

「あー、確かに良い気はしないだろうな」

約束をすっぽかされたとか……コミュ障なのはそこが関係しているんだろうか。

仮に友達とプレイするとして、土壇場で約束を破られたら嫌な気分になるだろう。

……しかもこのゲームはプレイするのに高い金がかかる。急用だからってキャンセルするとか、俺の金銭感覚だと考えられないな。

俺だったら死んでも参加するぞ。

初めは確かに参加権を売ろうとしたが……それとこれは別だ。売って旅行費に充てるのは悪くない考えだと思ったんだ。

「でも、今は楽しいでござる」

「そうか、それは良かった」

「拙者、ゲームならファンタジーが好きでござるし、魔法のあるのが良いでござる」

「気持ちはわかる」

「スピリットが弱種族だと言われているのを知った時は絶望したでござるが」

「まあ……とはいえ、スピリットにドレインのコンボは考えたよな」

最初はドレインとかRPG的に雑魚《ざこ》魔法だろ、とか考えていたが案外強い。

もちろん他の属性魔法の方が単純な威力は高いらしいが、スピリットという種族と合わせると趣きが変わる。

実際、闇影は高いエネルギー量で能力を跳ね上げたドレインで火力を叩《たた》き出す型だ。

多分だけどエネルギー生産力よりもマナ生産力を重視して、やりくりしていたはず。

種族とスキル構成をよく考えないと出てこない発想だ。

「テンプレから外れるのが難点でござるな」

オンラインゲームでは定番パーティーというのは必ず存在する。役割が重視されるタイプだと尚更だ。

この職業はこのスキルと装備、ステータス～～みたいな感じ……その構成じゃないと認めない、なんて事もよくある話だ。

ディメンションウェーブの場合はスキル構成だろうな。

まあこれも効率を重視するとしょうがない部分もある。その点で言えば俺も闇影もテンプレからは大きく外れている。

「気にするな。俺が言うのもアレだが、ゲームなんて楽しんだ奴の勝ちだ。それに俺は闇影のプレイスタイルは良いと思うぞ」

ドレイン……というか闇魔法＋潜伏系スキルの構成だ。

中二感があって見ていて楽しい。

ネタ感バリバリなのに実用性まであって、応援したくなるかっこよさだ。

「絆殿のそういうところは良いと思うでござる」

「だろう？」

ありがちな考えだが、間違っていないと思っている。

ガチガチな構成でゲームをするのだって楽しいし、ネタプレイに走るのだって楽しい。

いろんなジャンルのゲームがあるんだから、楽しみ方も千差万別。

そういう意味では、このゲームは受け皿が広い。

制作者の想定から外れる遊び方が発見されると即座に修正されるゲームも多いのにな。

俺だって釣りオンリーなのに案外上手く行っている。むしろ上手く行き過ぎて怖いくらいだ。

「……ゲームの世界で誰かと生活するのも悪くないでござるな」

「まあな……VR特有の感覚って聞いた事があるな」

現実とは違う特殊な環境だから抱《いだ》けるってやつだ。

更に言えばこのゲームはセカンドライフプロジェクトだからな。

長時間ログイン状態になるのも冒険感というか、そういう気分が出て良いと思う。

まあ高い金銭を使って稼動しているんだし、面白くてナンボだろう。

「俺は体質なのかVRゲームに上手く入れなくてな」

「なるほど……絆殿は脳波特異体質だったでござるか。となると初めてのVRゲームなのでござるな」

「そうなる」

脳波特異体質とか難しい単語を闇影の奴は知っているんだな。

「ま、楽しんでいるよ。このゲームが終わったら次に同じ様に遊ぶ事が出来るゲームは無いかもしれないから、これからもよろしくしてくれ」

「うん……そんな訳で絆ちゃんと遊ぶのは楽しいよ」

などと突然喋《しゃべ》り方を変えた闇影……普段ロールプレイしている奴が素の口調で喋るとドキッとするな。

こういうのを楽しむのもネトゲの醍醐味《だいごみ》か。

「そ、それでは拙者《せっしゃ》、忍びの世界に戻るでござる！」

「おい、言った本人が恥ずかしいのかよ」

「ど、ドロン！」

闇影は潜伏スキルを使って姿を隠した。

「寝付けなかったり、暇だったりしたらまた来いよ。話し相手くらいにはなる」

……反応はなかった。

何だかんだでアイツも気にしていたのかもしれない。

自称コミュ障だし、そのあたり気にしそうな性格だしな。

ところで今更だけど……闇影って頭の中で、俺の事を絆ちゃんって呼んでいるのか？

そういえば前にも言われた気がする。俺はリアルでは男なんだと改めて説明した方が良いかもしれない。

まあ釣りを再開するか……そんな感じで夜は更けていくのであった。

八話　対策委員会

さて、各々好き勝手に生活を続けていった訳だが……ついに城の建設が終わった。

島のどこからでも見える高台に建設された西洋建築の城。

見上げるほどの大きな建物……現実世界でこれだけの建物を建てるにはどれだけの時間と金銭を使うのかわからないほどの出来栄えだったので、俺も完成した段階で思うところは多々ある。

まず城の門を潜《くぐ》ると大きな庭が待ち受け、その先にある城の中に入ると豪華なシャンデリアが天井から吊《つ》るされている広間が歓迎してくれる。

二階へと続く階段、客室へと続く廊下。

兵士や騎士が常駐しているであろう寄宿舎も併設してあり、食堂も完備。

更にカルミラ島は温泉も湧き出している様で日当たりの良い場所には大浴場と展望露天風呂が完備されている。

果ては大型プールまであるのだ。

どこぞの豪華ホテルかと言いたくなるほどの設備の充実ぶりだ。

ついでにコレクションルームからシアター、図書室、武器庫、鍛冶《かじ》工房と施設を探せばキリが無い。挙句《あげく》、教会や用途不明の役場施設まである。

上の階には見晴らしの良いテラス、場内にある塔には円卓の会議場まである。

で、俺達は揃《そろ》って玉座の間にいた。

玉座は二つある。一つは人が座る用の玉座。その隣には小さな玉座。

「よくぞこの島を開拓してくれたペン！」

サンタペックルが島じゅうの者達を集めて宣言する。人よりもペックルの方が多い。

「これも全て、みんなのお陰ペン！　完成式典が催されるペン！」

「やっと開拓も終わりか」

終わってみればあっという間に感じられる。やがてサンタペックルはサンタ帽を脱ぎ捨てるなよ。それはお前のアイデンティティだろう。

……あ、帽子を落としたぞ？

そう思っていると、どこからか取り出した王冠を被《かぶ》った。

「ボクはここでクラスチェンジするペン！」

ボク？　お前の一人称はペックルじゃないのか？

それから小さい方の玉座に座る……クラスチェンジ？

お前が王様だとでも言うつもりか？

「サンタ帽子のペックルが王にクラスチェンジしたみたいだね。能力値がかなり跳ね上がったよ」

「そうか」

……なんとなく気になったので落としたサンタ帽子を拾う。

「なんで拾ったのでござるか？」

「いや、なんとなく」

どうやら装備アイテムみたいだ。

「港も既に作られている。これでやっとこの島も外界との繋《つな》がりが復活すると思うペン！」

お？　この台詞《せりふ》、島から出られないって問題も解決するって事だな。

長い期間軟禁されたからな。早く新天地で新しい釣り場を見つけよう。

「それでここからは商談の話ペン！　島主様《とうしゅさま》はこの島のほとんどの権利を持っているペン。それはこれから来る来訪者達を歓迎し、彼らが島の設備を使う事で支払う金銭の一部をもらえる権利でもあるんだペン」

「なんだって⁉」

アルトが目を輝かせている。金銭の一部ねぇ……。

「その前に仮とはいえ、島主様の仲間達には最初のギルドを設立してほしいペン。さあ、

「玉座に座るペン」

元サンタペックルが玉座に座る様に勧めてくる。

最初にこの島で開拓を始めたのは俺だし、そういう事になるのか。

「玉座か……」

「建設途中、絆くんは足を組んで座っていた事もあったね。どこからかワイングラスと飲み物を持ってきて飲んでいたのを覚えているよ」

くそ、見られていた。結構恥ずかしいぞ。

「悪の首領ごっこでもしていたのかい？　だけど魚の置物を撫《な》でるのは間違っていると思うよ」

「それは――」

玉座があるのを見た俺は、それとなく座って王者のフリを何度かしていた。

だってこんな玉座に座る機会なんてそうそう無いだろ？

せいぜい某夢の国の城にある椅子《いす》くらいなもんだ。

猫とかペットを撫でて悪役気取りをしたかったのだけど、動物なんてペックルくらいしかいない。なので釣りあげた魚を模した手頃な大きさの置物を膝《ひざ》に置いて撫でた。

「お前らだってやっていたじゃないか！」

アルトは元より、紡や闇影も座っていたのを俺は知っているぞ。

人目を盗んで座っていたって事もな。

「そ、それは……」

「お兄ちゃんと同じく『下賤《げせん》な者を見ていると笑いが止まらない』をやっていただけだよ」

「どこの悪徳領主ですか」

硝子が俺と紡を交互に見て突っ込む！　誤解だ！

俺達兄妹は悪ノリが好きなだけで、本気でそんな事をする気は無いんだ！

「気の所為《せい》でござる！　社長の椅子よりも座り心地は良くないでござるよ！」

闇影、お前は社長の椅子とやらに座った事があるみたいな言い回しだな！

ネタなのかマジなのかよくわからないぞ。

「キングVSクイーン」

しぇりるは時々訳のわからない事を言う時があるな。

王VS女王って俺と紡だとでも言いたいのか？

「どちらにしても魚を猫代わりに撫でたりしていない！　絆くんほど愚《おろ》かではないよ！」

「堂々と言う事がそれか！」

「早く座ってほしいペン」

元サンタペックルが早くしろと急《せ》かしてくる。ＮＰＣだけあって融通の利かない奴だ。

「ともかく絆くん、早く玉座に座りたまえ。じゃなきゃイベントが進まない」

くっそ。俺は言われるままに玉座に座る。

すると俺の視界にシステムメッセージが表示された。

領地・第三都市カルミラ。
税収　ペックル管理　設備拡張申請　人口　領主委託　交易

など、いろんな項目が出てくるがまだ点灯しきっていない。

「まずはギルド名を決めてほしいペン」

「ギルドってオンラインゲームとかにあるあのギルドかな？」

「先ほどのサンタペックルの話からするとそうなんじゃないかい？」

「そういえば今まで無かったもんな」

これもプレイヤー達の活躍によって追加された、とかそんなところか。

ゲームのシステム上アップデートみたいな感じだ。

「絆さんが決めて良いと思いますよ」

「じゃあ『闇影と愉快な仲間達』と……」

「面白いね！　さすがお兄ちゃん！」

紡が楽しげな顔で同意するのを余所《よそ》に……。

「却下でござる！　なんで拙者《せっしゃ》の名前なんでござるか！」

「それは闇影、お前のお陰でラースペングーを倒せたからだ……」

遠い目をして言ってみる。あれだ。こう、遅れてきたヒーロー的な。

なんていうか、主人公っぽいじゃないか。

今時、光の勇者よりも陰からみんなを支えるポジションの方が主人公らしいんだよ。

「たったそれだけの活躍で代表にされても困るでござる！　その頭文字には絆殿が相応《ふさわ》しいでござる」

「みんな、そんな事ないよな？　闇影が良いよな？」

「……のう」

「随分と個性的なギルド名だね」

「おそらくサーバーで最初のギルドがその名前で良いのかい？　それこそ他に競争相手はいないだろうから良い名前があるだろうに」

他のみんなはボロクソ言ってくるな。まあ冗談で言ったけどさ。

「愉快な仲間達と括《くく》られるのはどうかと……」

硝子も難色を示している……うーん、しょうがないな。

「じゃあ妥当なところで『ディメンションウェーブ対策委員会』か『カルミラ島フィッシング協会』でどうだろうか」

「前者は悪くはないとは思いますけど、後者は絆さんだけですよ、会員」

「ふ……ペックルを入れれば大人数だ」

ペックルの食事は魚だからな。

未《いま》だに食料確保という名目でペックル達への漁命令は続けているから、釣り人口は多いはずなんだけどな。まあペックルの場合、人というよりは匹とか羽《わ》って感じだが。

「言っててむなしくなりませんか？」

「まあ……」

ＮＰＣを数に入れて良いものじゃないな。

「じゃあ、真面目にやっている様に見える『ディメンションウェーブ対策委員会』で」

「素直に言えば良いってものじゃないとは思いますが、それで良いと思います」

「改名は出来ないでござるか？」

「出来るペン。優先度は高いから被《かぶ》っても大丈夫ペン」

あ、元サンタペックルが反応している。反応するワードだったたって事だな。

というか、ギルド名は変更も被るのも大丈夫なのか。

一度決めたらダメなゲームも多いけど、ディメンションウェーブでは大丈夫らしい。

アバターの外見も変えられるようにしてほしい。

九話　第三都市

「じゃあそれで決定……っと」

ギルド名をディメンションウェーブ対策委員会と入力して決定する。

「今、島主様に呼ばれたプレイヤーは全員、ギルドに加入したペン」

と元サンタペックルが宣言すると俺達の前に帰路ノ写本らしき物が光と共に現れる。

領地帰還ノ書
ギルド領地に帰還できる。永続アイテム。
倉庫不可アイテム。

「島から出ても、いつでも帰ってきてほしいペン。ペックル達は島主様達をいつでも歓迎するペンよ」

「これって、カルミラ島に帰る事が出来る道具って事で良いのかな？」

領地ってカルミラ島だし。

……これってもしかしてカルミラ島以外にもこの手のイベントがあるんじゃないか？

「だろうね。しかし……これは便利なアイテムだね。使っても無くならない転送アイテムは便利だ」

アルトはタダって言葉が好きそうだもんな。

「後は……島主様には更なる報酬があるペン」

「ん？」

元サンタペックルが俺に手をかざすと……俺の視界にメッセージが表示される。


エクストラスキル・カモンペックルを習得！


なんだそのスキルは。

「いつでもペックルを呼ぶ事が出来るペン。御用があったらお手伝いをするペン」

いやー……別にペックルなんて必要ないと思うんだけどな。

「後は既に解放済みだからこれが出来るペン！」


カモンペックルがパワーアップ！

カモンブレイブペックルに変化！

玉座の間で控えているブレイブペックルに視線が向く。

いつでも応じますとばかりに敬礼された……ペックルって戦闘でも使えるのか？

あ、確認したらしっかりとステータス周りが追加されている。

やはりというか、ブレイブペックルは他のペックルよりもステータスが高い。

防御系ばっかりだけどな。

「後は……開拓をしてくれた島主様からボクに名前を授けてほしいペン」

「サンタペックルに名前を授けろって事だよな？　じゃあサンタペックルで」

「まんまです。可哀想ですからしっかりと名前を授けましょうよ」

硝子が名付けようとした俺に注意してくる。

そうは言ってもなぁ……俺は基本的にゲームではデフォルトネーム派だし。

……よし、デブペ――

「では開拓人鳥《かいたくにんちょう》でどうでござる？」

「呼ぶ方の身になれよ、闇影。しかもそれはペックルの性質そのままじゃないか！」

「ではダークペックルでどうでござる？　後はキングペックルとか」

「キングペックルは良いな」

「それもそのまんまの名前じゃないですか！」

「ペックルの王様……絆くんのゲーム経験からデブペックルを出さないだけマシかもしれないね」

それは一番初めに考えた。でもデブじゃないし……後で体形を弄《いじ》ったり出来そうだけどさ。

というか、笛で呼ぶペックルの方が太ってるだろ。

「もっと洒落《しゃれ》た名前は無いんですか？　サンタ帽子を被《かぶ》っていた子なんですよ？　授かり物という事でギフトとか」

「サンタクロースとか？」

「じゃあクリスマスからクリスで」

「南国で季節感ないですけど、サンタ帽子を愛用していたから良いですよね」

硝子も納得してくれた。

「イエス・キリスト」

「名前負けするから却下」

しぇりるはしぇりるで凄《すご》い名前を提案するもんだ。

そんな訳で元サンタ帽子ペックルの名前はクリスと入力した。

「わかったペン！　これからクリスと名乗るペン！」

おお、発音まで俺達と一緒だった。中々良い反応をしているじゃないか。

「これで開拓は一区切りしたペン！　じゃあ行くペンよ！」

どこに？

『**第三都市カルミラが解放されたペン！　ここではギルドを作る事が出来るし、専用育成NPCペックルを雇用できるペン！　第一都市の港にある交流船からみんな挙《こぞ》って来てほしいペン！**』

なんて声がシステムメッセージで表示された。

これは全体メッセージで、サーバー内の全プレイヤーが確認できる様だ。

やっぱりそうだったのか。

「予想通り都市解放のクエストだったたって事だね」

で、システム欄に色々とヘルプが追加されている。

ギルドのシステム説明から作り方。

専用育成NPCペックルの雇用と育成方法など。

ギルドはカルミラ島の城にある受付で申請し、金銭を支払う事で設立する事が出来る。

前提条件として三人以上が入居できるマイホームを持っていないといけない様だ。

……マイホーム。そんなの俺達持っていたっけ？

ロミナやアルトは持っていそうだけどさ。

それぞれ家にしていた建物か？　確認すると俺達のギルドの家はカルミラ島になってい
る。

全部俺達の家って扱いか？　一応、俺の領地って扱いだからかもしれない。

更に言えば城がマイホーム設定にされている様な……随分と豪華なマイホームが出来た
もんだ。

「これから島がどんどん賑《にぎ》やかになっていきますね」

「そうなんだろうな」

南国で謎の開拓を強引にやらされ、都市解放クエストだったと後に判明したのは、納得
しかねるところはあるが、まあ良い。

しかしなんだろうか、解放された自分達の楽園を他者に踏みにじられる様な、この変な
感覚は。

これはアレだな。

既に一ヵ月以上滞在している場所に見知らぬ連中がやってくると聞いて、縄張りを荒ら
される様な感覚というのが正しいかもしれない。

島から出たかったのに、いざ島から出られる様になると出たくなるこの気持ち。

天邪鬼《あまのじゃく》か。

「絆くんもやっと島から出られると言うんじゃないかい？」

「そうなんだけど、うーん……」

いざ出られる様になってもやる事を考えると微妙なところ？

まあ、外から人が来るのを城から見守りつつ、様子を見たら良いかな？

どっちにしても俺の釣り生活にそこまで変化は無いと思う。

で、ある程度余裕が出来たら第二都市の方へ釣りをしに行く！

「まあ良いや。じゃあ来島してくる連中に備え……るのかな？　今日ものんびりと生活していこう」

「絆さんは相変わらずですね」

硝子が呆《あき》れとも信頼とも言えるニュアンスで呟《つぶや》き、その日は解散となった。

十話　解放された島

翌日から色々な事が目白押しで起こり始めた。

で、

「ここが第三都市だな！　一番乗りだ！」

「おい、先に来ている奴らがいるぞ。一体どこから来たんだアイツら」

まず島に来たプレイヤー連中だな。船にぎゅうぎゅうに乗ってきたらしい。

ああ、もちろん交流船以外にも製造された船で来る事は可能になったそうだ。

新しい都市という事で装備品や近くの狩り場をチェックするために島じゅうや島近隣を巡るプレイヤー達。

「おお、飛ぶように売れていくな。大量に作った在庫があっという間に捌《は》けていく」

「あ！　ロミナさんがいるぞ！　こんな所でお店を開くとか目が早いですね！」

「お店再開してくれるんですね！　待ってました──！」

「みんな！　失礼な奴がいたらしっかりと注意するんだぞ──！」

装備品に関してはペックルが開いた武具店に始まり、ロミナが開いた店が大盛況となっている。

ロミナ曰《いわ》く、失敗作の武具さえも飛ぶ様に売れるのは圧巻の光景だったとか何とか。なんかロミナのファンが、ロミナと再会してとても喜んでいた。とりあえず……失礼なプレイヤーが来ても周囲の客が注意してくれそうだな。

「お、そこにいるのは絆の嬢ちゃんじゃねえか」

「あ、本当だ。てりす達、心配したんだよ！　どこ行ってたん？　さっき闇影ちゃんいたから話をしたわよ」

ロミナの店の調子を見ていると俺に声を掛けてくる奴がいたので振り返るとそこには、顔見知りのらるく達がいた。

元不良みたいな感じだけど人当たりは良い奴らなんだよな。

「久しぶりだな。硝子の嬢ちゃんは元より闇影の嬢ちゃんも心配してたけど……やっぱクエストだった感じか？」

「正解、全く……島に閉じ込められて散々だった」

「はー……とんでもないクエストに巻き込まれてたんだな。俺を混ぜてくれても良かったってのに」

ラルク達はゲーム内のクエストを探してクリアする事に重きを置いているプレイスタイルみたいなんだよな。

「それがさ、誘える相手は抜き打ちで一人ずつしか呼べなくてさ、ロミナを間違って呼んじゃった時は本気で焦《あせ》った」

「あーロミナの嬢ちゃんは間違いで呼ばれたのか」

「そう……闇影には怖い思いをさせちまったよ」

「まー……なんつーかホラーな感じだったな。ここに来る前に都市にあるシークレットクエスト一覧に載ってたぜ。幽霊船の呪いって形で闇影の嬢ちゃんが巻き込まれただろうってやつ」

「そうよー闇影ちゃん凄《すご》く怯《おび》えてたんだから」

「そんなのあるのか」

俺の質問にラルクが頷《うなず》く。へー……ディメンションウェーブ内の隠されたクエストが達成されると表示されるのね。

「さっきも言ったが俺達を呼んでくれても良かったんだぜ」

「いやぁ……二人の内のどっちかを呼んだらヤバそうだって思ったから……楽しいゲームの時間で引き裂いたら悪いだろ？」

「あーん。絆ちゃんやさしー！　こっちに迷惑掛かんない様にしてたって事なのね」

てりすがテンション高めに気を使ってくれて嬉《うれ》しいって態度だ。うん。やっぱり呼ばなくて正解だったな。

「そんな事こっちは気にしねーよな。こんな面白そうな事に参加できなかった事の方が残念だぜ。船で出てく時はすげーって見送ってたけど、混ぜてもらうべきだったたか？　な、てりす！」

「そうねーらるくなんて時々ふらっと連絡なくいなくなる事あるし、気にしてたら体が保《も》たないわー」

　おや、とても大らかな反応、むしろ混ぜてもらった方が良かった的な台詞《せりふ》は大いに助かる。何事も楽しむってスタイルが清々しくて好感が持てるね。

「というより、闇影ちゃんの持ってたアクセサリーここに売ってないの？　なんか凄いのがわかるわよ！」

「ああ、あれは特別製でロミナの所でも扱ってない。闇影のケアをしてくれていたみたいだし、てりすが望むなら特注できるけど」

　てりすは闇影の持っているオレイカルスターファイアブレスレットを欲しいみたいだ。

「まじ！　絆ちゃん話がわかるー！　てりす、宝石系のアクセはうるさいのよねー」

「そ、そうか」

「てりすー絆の嬢ちゃん。お前のノリに距離感図りあぐねているから営業スタイルで相手してやれよ」

「えー……」

　らるくの指摘にてりすが若干不満そうな顔を一瞬してから、俺の方に顔を向ける。

「しゃーないかー。本当によろしいのですか？」

っと、突然の敬語、しかも声音《こわね》もなんか丁寧な感じになったぞ。

ロミナが言ってたのはこれか。

「絆さん、闇影さんの持っていたあのアクセサリーってどうやって作るんですか？」

俺がパクパクとてりすを指差してらるくを見ると、らるくが笑いを噛《か》み殺したような顔をしている。

「ちょっとらるくー絆ちゃんが引いてるー！　やっぱ違ったんじゃないのー？」

「ギャップに驚いてんだよ。てりすは身内相手じゃ学生の頃の話し方するんだけど、職場だとこんな感じなんだよ」

「えっと……リアルの話だよな？　して良いの？」

ゲーム内のマナーというか道徳の範囲での話なのだが、自身の個人情報とかを話すのはあまり推奨されていない。

余計な問題を招きかねないし、相当信用できる相手じゃないと安易に打ち明けて良いモノではないのだ。

俺が紡や奏姉さんと兄弟って話やリアルが男だって話くらいは問題ないのだけどな。

「この程度で特定なんて出来ないでしょー。もっと言うとてりすの仕事、宝石店の店員なのよ。宝石見るの好きだから」

　わー……お金かかりそうな趣味してるなー。

「金かかりそうな趣味してるって絶対思ってるよなー。そうじゃなくて、てりすは原石込みで好きだからちょっと深いぜー鉱石掘りも何のそのだ」

　え？　てりすって鉱石掘りとかもしてるの？

　趣味が料理だと思ってたぞ。いや、手広くやっているならいいけどさ。

「てりす。絆の嬢ちゃんが引かないように営業で教えた方が良いぜ」

「はいはい……こほん。私、単純にダイヤモンドとかプラチナとか金でコテコテに高い限定品とか興味ないんです。それよりも職人が丹精《たんせい》込めて作った一品とか、原石ならではの味わいとかを楽しむのが良いというか……価値は低くても珍しい石とかね」

　はあ……なんかてりすの喋《しゃべ》り方が凄《すご》く丁寧かつ聞き取りやすくて驚きを隠せないけど、普段の元不良的な喋りよりも相手をしやすく感じる。

　後で敬語てりすと硝子が話をしたらしいが、硝子の丁寧な口調もあって非常に話しやすかったそうだ。

　前はテンションが苦手だって言ってたけどな。

「このキャラクターだってね。ジュエルって種族だから選んだし、アレキサンドライトを擬人化したイメージで作ったのですよ」

　へー……てりすってそんな理由でアバターを作ったんだなー。

「アレキサンドライト……」

「そうそう、光を当てると色が変わって見える宝石でね。てりすにぴったりだってらるくがリクエストしたのよ」

「あー……」

確かにわかる。なんていうか敬語口調と元不良がコロコロ変わる二面性からして、今のてりすはまさにアレキサンドライトって感じだ。

「ギミックにも仕掛けてるし、魔法を使うと髪色が変わる仕掛けを入れてあるのよ！」

キャラクターの外見設定時にそんな仕掛けが入れられたのか。ざっくりとしたモーション程度しか設定してないぞ俺。

いや……姉妹がだけどさ。

「パワーアップ状態だと金髪になる仕掛けとか入れている奴もいるんだぜ。そんな感じだよ」

ああ……アニメ的な仕掛けが出来るように運営が許可したギミックなのか。

「結構凝った仕掛けを入れられるのな」

「そうよーマジ良くない？　で、話は戻るけどアレってどうやって手に入れる感じー？クエスト？」

「……ここじゃ人が多いし、個人チャットでも盗み見されそうだから来てくれ」

「あいあーい。らるくー行くわよ」

「おうよ」

って事で俺はらるく達を人気《ひとけ》の少ないラースペングーと戦った広場まで連れていき、ブレイブペックルを呼び出す。

「あ、この島のNPCだったか、へーこんなのがいるんだな」

「ああ、この島の開拓用キャラクターのペックルなんだけどコイツはブレイブペックルっていうその中でも特別なペックルなんだ」

「へー……」

「で、さっきのどうやって闇影が持っているアクセサリーを手に入れるのかって質問なんだけどクエストじゃなくてコイツに作業を命じさせて作ったのがアレ」

「え？　マジ？　凄《すご》いじゃん！　わー超羨《うらや》ましいんですけどー！　てりすもこの子欲しーい！」

「てりす。これって特別なペックルなんだろ？　きっと絆の嬢ちゃんだけの奴なんだって」

目をキラキラさせたてりすを、らるくが宥《いさ》めながら注意してくれる。

「あはは……そんな訳だからリクエストがあれば闇影に良くしてくれた二人にはお礼がしたいから答えるよ」

「なるほどーじゃあさっそくお願いしちゃおうかなー」

「オレイカルスターファイアブレスレットで良いんだよな？　付与っていう、まだプレイヤーが出来ない加工も出来るぞ」

「すっげーな！　絆の嬢ちゃん達、めちゃくちゃ先に進んでるじゃねえか」

「未知を探して海に出た事で上手く波に乗れただけだって」

思えば間違いないだろう。俺が釣りをしてしぇりるからボートを買って色々とやっていく内に海に出て幽霊船のクエストからカルミラ島の開拓クエストへと進み今に至る。

その長い島での生活が花開いて他のプレイヤーよりも先に第三都市にいるってだけに過ぎない。

「やー、人には親切にするもんだよね。らるく」

「そうだな」

「けどさーそれだけ優秀な子がいるのになんであんまり店で並べてないのー？」

「ああ、それは……」

と、俺はブレイブペックルの運用的な問題をらるく達に説明した。

優秀ではあるけれどストレスに問題があって、ラフぬいぐるみを装備させていても使いづらい点……アクセサリーは大量に作れないという話を。

「そんな希少なアクセサリー作ってもらって良いのー？」

「ああ、そんで付与とかどんな効果をつけたら良い？」

「てりすは魔法が戦闘スタイルだから魔力を上げるやつで良いんじゃねえか？」

「そうねーあのアクセサリーって火属性とか特化にした方が効果が大きそうだけど海での戦闘も考えるとちょっと範囲広げておいた方が良いと思うわー」

遥《はる》か昔の話なのだけど不良というのはゲームに疎《うと》いというイメージがあった。

だが、不良こそゲームなどで遊ぶのではないかと俺はらるく達を見て確信した。

こう……なんていうかこの二人って元不良が社会人になって世の中を知り尽くしている様に感じられるのだ。

なのでゲーム内で効率よく楽しむ術《すべ》を熟知しているというか……だからこそ未知が多いこのゲーム内で特化した属性を選ばないプレイスタイルをしているのだろう。

「そんじゃシンプルに魔法力を上げる付与を選んでおくよ」

「よろしくー！」

って事で俺はブレイブペックルをロミナの工房に連れていき、アクセサリー作りを指示させてオレイカルスターファイアブレスレットの作成を行う。

もちろんアルトには許可を取っている。

ストレスゲージも十分に確認しながら材料の在庫を確認しつつ作成を完了させた。

出来上がったのはオレイカルスターファイアブレスレット＋1だ。＋値はランダムな様なのでここは気にせずにいく。

付与は魔法力向上の効果を施して……っと。

オレイカルスターファイアブレスレット＋1（魔法力向上）が完成っと。

「出来たペン」

ブレイブペックルから完成したオレイカルスターファイアブレスレット＋1を受け取り、てりすに渡す。

「わー！　マジ凄《すご》いんですけどー！　らるくーこれさえあれば、怖いものなしよ！　らるくの攻撃力なんか目じゃないほど上がったんだから」

「何言ってんだ。俺だって負けてらんねーぜ」

てりすがとても喜んでくれていて俺は嬉《うれ》しく思える。

これでクエストを教えてくれた礼は返せただろうか。

「良かったら硝子や紡、闇影を連れてダンジョンとか狩りに行ってきたらどうかな？　装備も二人ならロミナもきっと安く提供してくれるはずだよ」

「絆ちゃんはどうするのよ？」

「俺は釣りをしているから気にしなくて良いさ。時々一緒に行かせてもらうよ」

俺は釣りがメインで時々戦闘に参加するってプレイスタイルなんだしな。

「絆の嬢ちゃん大成功してんのに変わらねーのな。逆に安心したぜ」

「今度お礼をしなきゃいけないわよね。絆ちゃんが喜びそうなのが無いか探しておかなきゃね」

「そうだな。で、絆の嬢ちゃん」

「何？」

「この島のクエストとか他に無いのか？」

らるくはいろんなクエストを探して達成するプレイスタイルだからどこでクエストが始まるのか知りたいって様子だ。

「開拓時とは島のクエスト周りが違うからなー……アルトに聞いた方が早いと思うぞ。前提クエストとか第一や第二でやらないと発生しないとかだと探すしかないな」

「そうだよな。絆の嬢ちゃんはクエスト埋めとか興味ねえの？」

「俺の興味は釣り」

「だよなー！　そんじゃさっそく、嬢ちゃん達を誘いに行ってくるぜ」

って感じでらるく達への闇影に関する礼を済ませたのだった。

で、らるく達経由で色々と聞いたところ、やはり島の外の連中はロミナと比べて二周りくらい腕が下だそうだ。強さに関しても同様だ。

もちろん、近隣の海域でモンスターが出現する様になり、今の俺達からしたらそこそこの経験値をくれる。

目玉はインスタンスダンジョンだろう。入場料を設定して解放しているから、プレイヤー達は挙《こぞ》ってダンジョンに挑んでいる。

「いやーこのダンジョン便利だな。長時間潜っていられるってすげえ！」

初日はオープニングセレモニーといった様子で祭り状態だったっけ。

人が多くて酔いそうだった。

商人も金の匂いに釣られて我先にって感じで市場区画は元より、いろんな所で出店《でみせ》を開いていたっけ。

†

次が都市解放三日目あたりの事……俺は見てしまった。

「フハ……フハ……フハハハハハハ！」

アルトが城の……俺達のギルドの倉庫に集まる金銭を数えながら高笑いをしている光景に遭遇してしまった。

島の施設利用、道具の売買等、税として徴収する金銭が俺の財布を通じてギルドの倉庫へと入っていくのだが、アルトに管理を任せている。

俺はそこまで金を使用するライフスタイルをしていないからなぁ。

「これは良い！　完全に大成功の商売ドリームだ！」

「そ、そうか。よかったな」

要するに金がいっぱい入って嬉《うれ》しいみたいだ。

楽しそうで何よりって感じだな。アルトがそのハイテンションなノリのままで俺に声を掛けてきた。

「絆くん、反応が薄いね。よくわかっていないのかい？」

「まあ」

「それは残念だ。これがゲームである事が非常に惜しいくらいの金が秒単位で流れてくるのは、商売人としても興奮を隠さずにはいられないと言うのに……」

なんか呆《あき》れられてしまった。

感性の違いか、それともテンションが為《な》せる現象なのか。

「そんなに儲《もう》かっているのか？」

「ああ、何せ僕が初期投資で開拓に使用した金銭の倍額を一括でもらっても余りある金が流れてきているよ！」

倍額……まあ、アルトには島に来てもらってから面倒なペックルのスケジュール管理を全てやってもらっているから良いけどな。

実際、俺の金というよりはギルドの資金って感じだし。

「これは絆くん達に巻き込まれた事を素直に喜ぶべきだろうね。ははははは！」

アルトのテンションがおかしい。

そんなにも金を稼いで何をする気なんだ、お前は。いい加減商人プレイは程々に多少強くなる事を考えたらどうなんだ？

その金があれば現状の最強装備だって軽く手に入るぞ。

まあ、俺も人の事は言えないけど。

「あまりにも儲《もう》かって笑いが止まらない。これが……領地持ちの貴族の感覚というものかな？　なるほどなるほど」

なんか貴族とか言い出したぞ。

中世ヨーロッパとかだと貴族は領地から税金を徴収する事で財を成したとか聞いた覚えがある。

おそらくそれと同じ様な事が俺達の身に起こっているんだろう。

何せ俺の財布が見た事も無い数字になった後、城の倉庫へ転送されている訳だしな。

「素晴らしい感覚だ！　だが、この経験をそのまま味わっていたらゲーム終了後が怖くなってくるよ」

「現実でも似た感覚で金を使いそうとか？」

「そうだね。ここからする事といったら……ふむ、投資か独立か……もちろん、絆くんが

許可する所までだがね」

「三分の一くらいは自由に使ってくれても構わないけど、下手な投資をして失敗、蒸発、逃亡とかしたらどんな手を使ってでも追いかけて報いを受けさせるぞ」

「これだけの金があれば逃げもしないさ。仮に第三都市が廃《すた》れる時が来たとしても継続して金銭は手に入る。逃げる必要性が無い。むしろ解雇こそが恐れる事態だろう」

逃げるのはバカがする事なんだろう。

しかし、金金金と言いまくる友人は見たくなかった。元々アルトはこんな感じだった気もするけどさ。

「少なくとも第四都市が見つかるまではこの金の入りは変わらないだろう。ペックル達の雇用費など微々たるものだし、儲《もう》けしかないだろうね。更にギルドの使用料金も入れるとキリが無い！　はははははははは！」

現在、島の収入は交流船の船賃、宿屋等の施設利用料、道具や武具の税、更にインスタンスダンジョンの使用料金、ギルドの申請料金と利益献上費だそうだ。

このギルドの利益献上費というのはプレイヤーが設立したギルドメンバーが得る金銭の1％が物を売買したりモンスターを倒したりして得た金銭から差し引かれる。

元々手数料という設定で引かれていた金の行き先がこっちに変わるらしいのだ。

他にマイホームの購入だが、これは丸々俺達の懐に入る。

島内では、何でも金がかかるごとに俺達を通すので自然と金が入る訳だ。

アルト曰《いわ》く、下手な事業を何度失敗しても取り返せるくらいの金が入る見通しになっているんだとか。

ちなみにダンジョンの入場料はデフォルト設定の金額にしてあったはず。

引き上げる事も無料にする事も出来る。但し、その分やらねばならない事も増えているけどさ。

施設の修理とか、島解放で増えた開拓とか、何に使用するか不明の項目も色々とある。

アップデートを見越したものもあるらしく、全て把握するのは難しいとアルトは説明した。

「さてと、じゃあどんどん仕事をしていくとしようじゃないか！　まだまだ僕には出来る事がある！」

今のアルトは最高に輝いている！　という事で納得した。

後にアルトはいろんな意味で名を轟《とどろ》かせる商人になる訳だけど、そのアルト曰く印象的だったイベントとして語るのが今回の開拓イベントだそうだ。

アルトの後ろ姿を見届けてから俺はその場を去ったのだった。

十一話　死神の噂《うわさ》を広める者への裁き

ある日……俺達が世間話をしながら広場の方へ歩いていた時の事だ。

「さて、この後釣りでもするかな」

「さっきもしていませんでした？」

「絆殿は相変わらず釣りばかりでござるな」

「闇影も釣りを覚えないか？　せめて素潜り漁が出来ると良いぞ」

しぇりるもやっているんだ。海で戦う事が前提の今の状況なら覚えても悪くないはず。

「拙者《せっしゃ》は忍びであって漁師ではないでござる」

「竹筒を使って水の中を移動する忍者がいるだろ？」

「そんな考え方が……いやいや、拙者の理想像から外れるでござる！」

今、ちょっと揺らいだな。水面を歩く方の忍者なら落とせるか？

「はいはい。硝子だって釣りを覚えてくれたっていうのに……」

「覚えはしましたけど、本腰は入れていませんよ」

「この程度で呆《あき》れられたでござる！　理不尽でござる！」

「そういやしぇりるは最近何やってんだ？」

開拓を終えてから見ていない気がする。ちょっと前まで一緒に素潜り漁とかやっていたんだけどな。

またマシンナリーの作業でもしているんだろうか？

「城と隣接している専用のドックでお金に物を言わせて船を作っている最中だったかと」

アルトと提携してって事かね。

しぇりるもやりたい様にやり始めたって事かな？

「この前話をしましたが、新大陸へ行けるように建造しているそうですよ」

しぇりるとそんな話をしたっけ……島から出る事ばかり考えていたから忘れていた。

まあ……この島は中継港みたいな場所なのはわかるもんな。

ここから更に外海に行く事を考えているって事だろう。

ロミナは大量に持ち込まれる素材で今日もカンカンと武具を作っているし紡は知り合いに強さを見せつけるためにダンジョンに行ったんだったっけ。

何だかんだまとまりが無いのが俺達だ。しかし……巨大ペックルではダメなんだろうか？

ちなみにアルトの助言を受けて、新たにギルドへの入隊は認めない方針にしている。

今集まってくるのは硝子や紡、闇影の強さを利用しようとする連中や金目当ての奴らで碌《ろく》な奴がいないんだったか。

アルトほどじゃないとは思うがな……まあ、一理あるから本当に信用できる人員以外は断る方針だ。

らるく達は良いんじゃないかと思って本人達に提案したら保留にされてしまった。少し考えたいらしい。

ちなみに俺が領主だって知らない人の方が多い。

そんな訳でカルミラ島は最前線としての地位を確立し始めている。

最前線か……奏姉さんは今頃どこにいるのかな？

会ったらみんなにギルドに誘うか話そうと思うんだけど……変に連絡を取ると後でうるさいから声を掛けずにいるんだけどさ。

何かあったらあっちから声を掛けてくるはずだし。

「それよりも絆殿、ダンジョンに行かないでござるか？」

「うーん……」

戦いだけがこのゲームの全てじゃない。

開拓を終えた俺達はもう少しゆっくりとした生活をしても良いと思うんだ。

そう闇影を説得しようとしたその時！

「あ、死神じゃねえか！」

闇影を指差して声高らかにぶっ放したのは四人組だ。

硝子がその四人組を見て眉をひそめる。ああ、話で聞いたシージャックをしようとした四人組か。

トラブルの香りが半端じゃないな。

「垢《あか》BANされたと思ったらこんな所で何やってんだ？」

垢BAN……アカウントBANの略称だ。

アカウントは言うまでもなくオンラインゲーム等で使用するもので、BANは英語の英単語、禁止するって意味だったかな。

闇影が露骨に嫌そうな顔をしながら硝子の後ろに回り込む。

相手も硝子の顔を見ると更に不快そうな顔になった。

「そんな大声で言わなくても良いんじゃないですか？」

島の広場で大声を出すもんだから、周りのプレイヤー達が何事かと視線を向けている。

「不正をしているユーザーを指摘する事の何が悪いって言うんだよ！　凍結解除されたって許されるもんじゃねえぞ！」

どうやらコイツらの頭の中では闇影はアカウント凍結を喰《く》らって、それが解除されたと思っている様だ。

確かに経緯を遠目で見ているだけだったらそう見えなくもない……しかしながら第三都

市が見つかった現在、その理論は既に破綻《はたん》している。

はぁ、面倒なのに遭遇したなぁ……コイツら、アカウントBANと凍結が混ざっているぞ。

似ているとは思うがBANは実質消滅で、凍結は文字通り凍結だ。

しっかりとした理由があれば解除される事もあるのが凍結だろう。

「私や闇影さんはこの島の解放クエストに呼ばれて消息を絶っただけであって、貴方達が思っている様な事は何も無いですよ」

「は！　そんな大ボラ吹いたって現実は変わらねえぜ」

変わらないのは解放クエストをしていたっていう現実だけどな。

なんだろう。さっきから脳内で突っ込んでいるだけな気がする。

コイツらはツッコミ待ちの芸人なんだろうか……ネタがつまらないが。

「……ホラですか。ならば何故、この島に私達がいるんでしょうね？　少なくとも、そのような凍結やBANを私達はされていません。前回の波でのリザルト画面を見なかったんですか？」

俺や硝子は波で不参加だった。

だが、免除と出ている。その点を加味するだけでもアカウント凍結なんてされていないのはわかりきった事であるはずなのだ。

にもかかわらず、ここで凍結凍結と大声で騒ぐコイツらは一体何なんだ？

「だから、免除の後に凍結を喰《く》らったんだろ！」

「はあ……先ほど言った事を聞いていませんでしたか？　都市解放クエストをやっていたのですよ」

「拙者《せっしゃ》、クエストに巻き込まれた被害者でござる！」

俺に余計な被害が及ばない様に闇影は俺自身の名前を直接言わない様にしている。

闇影って案外、思慮深いんだよな。

「お？　騒がしいと思ったらなんだ？　またお前ら絡んでやがるのか」

ここでらるくが騒ぎを聞きつけてやってきた。

「てめえは……」

四人組がらるくを見て眉を寄せる。

「お前らいい加減にしねえと碌《ろく》な事にならねえぞ？　わかってんのか？」

「うるせえ！　死神とつるんでたチート野郎がなに偉《えら》そうにしてんだよ！　てめえもすぐに垢《あか》BANされんだよ！」

「はぁ……懲りねえ奴らだな。お前ら上手く行ってないからって人に八つ当たりしたって碌な事ねえぞ」

らるくが溜息《ためいき》交じりに注意を促している。

上手く行ってないから高圧的に他のプレイヤーに絡んで鬱憤《うっぷん》を晴らそうとしてるって

……迷惑な連中だ。

「第一都市の隠しクエスト情報に載ってただろうが」

「あー……なるほど、確か噂《うわさ》で流れていたよな。隠された波を攻略したメンバーが一人一人消えていってるってやつ」

「凍結処分されたとかの話だったけど、都市解放クエストに呼ばれていたやつ」

「一人一人消えていくって趣味悪いな」

「アレだ。ファラオの呪い的な演出で攻略メンバーを驚かせたかったって事じゃない？」

匿名性の高いネットならではの問題だよな……ストレス解消に他人を平気で傷つける。自らの正義感を満たすためだけにどんな事でも叩《たた》こうとする奴ってのはいる。

今回のケースだと闇影の周囲でどんどんプレイヤーが姿を消していた。ゲームから排除されていった様にコイツらには見えていた訳で、闇影＝悪って思い込んでしまったのだろう。

だけど真相は別にあり、闇影は被害者でしかない。そこで今まで叩いていた奴らがどんな反応をするかといったら……そんな事をしていないと無関係を装うか、真実を信じずに叩き続ける事にしたんだろう。

謝るなんて絶対にしなさそうだ。

しかし……ゲームで上手く行かないからってストレス溜《た》めるとか本末転倒な奴らだな。

やりたい事が他人にマウントを取るとかだったらどうしようもないぞ。

「確かに……その話を聞くだけでみんな興味持ったもんな」

闇影にはいい迷惑だっただろうけど、第二の人生を楽しむという意味では許される範囲の話だったのかもしれない。

性質の悪過ぎる演出で被害を受けたら、GMもどこかで干渉してくるだろうしなぁ。

どこで見ているかわからないけど……案外一般ユーザーに紛れていたりしてな。

「うっせえ！　噂なんて知らねえよ！　情報ソースどこだってんだよ」

「第一都市の公式情報掲示板だよ。第三都市解放クエストの経緯と発動済みクエストにある、幽霊船の呪いって名前のやつだ」

しっかりとらるくは情報ソースの場所を提示した。確認すれば一発でわかる所なんだろうな。

「幽霊船攻略メンバーの親しい者が姿を消すとか、概要があったはずだぞ」

「誰だよ。アカウント凍結だって言い張った奴」

自然と声がでかい四人組に周りの視線が向かう。

「そんなの関係ねえ！　てめえはアカウント凍結されていたんだよ！」

なんだよその俺ルール！　みたいな言い張り方は。

「嘆かわしいですね……私も人を見る目が本当に無かったと心の底から思いますよ」

確かに……硝子もコイツらと関わりがあったみたいだけど、人を見る目が無かった。船から突き落とす選択は正解だったな。

まあ俺達が良い奴かと尋ねられたとしても、微妙なラインなんだが。

ラースペングー騒動と闇影死神事件での紐《ひも》なしバンジーが記憶に新しいぜ。

「そもそもなんだこの島、塩臭ぇんだよ！　物もバカみたいに高いしよ！　もっと値段を安くしろよ！」

塩臭いって……そりゃあ海が近いしな。

島の物価に関しては第一や第二都市の物と比べてそこまで高くはないはずだ。

アルトが設定しているのでそのあたりは適正のはず。少なくとも売っている武具や食材は相場だ。というか弄《いじ》ってない。

これが高いと言うのは単純にお前らの身の丈に合っていないだけなんじゃないか？

硝子と一緒にいたはずだから前線組のはずなのにな……それも一ヵ月以上前の話か。

「ＮＰＣの鍛冶師《かじし》が店をやってたな。しっかりと中身入りだとわかったから専属の鍛冶師にしてやろうとしたら断りやがってよ。消えたと思ったらこの島にいやがった！」

「お前らロミナの嬢ちゃんまでそんな扱いしてるとかどうしようもねえな」

ロミナをＮＰＣ扱いしたのもお前らかよ。そこらじゅうで問題を起こしているんじゃねーか。

アルトも相手を選んで紹介しろ！

「店に出入り禁止とかふざけた事をしてくれやがって！」

「許されないぞ！」

「……許されないのはお前らだろ？　声高々に不正ユーザー呼ばわり、通報とかされたらどっちが凍結されるかわからないのか？　いい加減にしねえと焼き入れんぞコラァ！」

っと何だかんだ頼れる兄貴って感じで温和だったらるくがドスの利いた声で四人組に怒鳴りつける。

やっぱ本物の元不良っぽい人達の声の方が馬鹿四人よりドスが利いていて怖いな。

俺達が怒られている訳じゃないのに怒られているような錯覚さえ覚える。

「う、うるせえ！　てめぇがどれだけ威勢の良い事言ったって現実は変わらねえんだよ！」

「はぁ？　お前ら何言ってんだ？　現実とゲームの違いがわかってねえのはお前らだろうが！」

俺達はあくまで仕様内で遊んでいるに過ぎない……にもかかわらず自分達を不愉快にしたからとこんな卑劣な事をして良い理由にはならない。

そもそもコイツらシージャックをしようとしたとか、経緯を聞いただけで正しいとは言えないだろ。

硝子達の悪い噂《うわさ》を流すとか、行動力はあるのかもしれないけどさ。

「はあ？　何言ってんだお前？　俺達の言う事が間違ってるみたいな言い方だな？」

「舐《な》めんのも大概にしろよ？」

「こっちが怒らねえ内に頭下げろよ」

完全に馬鹿にしようって態度を見せる四人組に我慢も限界を超えたとばかりに不快な表情で何か言おうと口を開くらるくを俺は手を上げて宥《いさ》める。

「ああん？　絆の嬢ちゃん、なんだよ？　今、闇影の嬢ちゃんが大変なんだぞ。仲間なんだから俺を止めるような真似《まね》をせずに注意しろよ」

「わかってるって、らるくが庇《かば》おうとしてくれているのは闇影の仲間として本当にありがたいよ。だからこそ俺は間違ってないと思えるんだからさ」

「お、おう……」

俺が微笑《ほほえ》むとらるくは拍子抜けしたとばかりに怒りの矛を収めて黙ってくれる。

さて、それではここからは俺が代表として相手をしてやらなきゃいけないな。

ゲームとはいえ、怒らせたらいけない事があるってのをコイツらに教えてやる。社会的に抹殺するのは運営じゃなくても出来るってな。

「さっきお前らさー……ロミナに出入り禁止にされたとか言っていたよな？」

ステータスアイコンを見る動作をしながら、俺は四人組を見る。

「建物への出入り禁止処分と同様に、都市解放クエストで都市の長になったプレイヤーが目の前にいた場合、そんな迷惑プレイをしているユーザーに出来る事を考えるべきだぞ？」

アルトに一応連絡。問題ユーザーへの自治行為の了承を得る。

「は？　そんな真似できる訳ねーだろ」

「バカじゃねえの？」

「これはゲームだぞ？　現実とゲームの区別がついていないんじゃねーの？」

どの口が言うのかね。一番現実がわかっていない奴らが抜かすもんだ。むしろ現実でもお前らは思い通りになんてなってないだろ。

「うん。これはゲームだ。だが、このゲームはセカンドライフプロジェクト・ディメンションウェーブだ。運営がどんな仕掛けを施しているのかわからない。みんな手探りで調べて進める第二の人生を味わうゲームなんだぞ？」

俺は指を弾くように、領主権限のある項目を弄《いじ》る。

「島の領主として開拓をさせられ、島の権利の全てを担うプレイヤーがいたって不思議でも何でもない。こんな……風に」

俺が言うと同時に、広場で雑談をしながら買い物をしていた奴が悲鳴を上げる。

四人組は悲鳴を聞いて顔をそっちに向けた。

「ギャアアアアアアアアア！　物価が！　値段がいきなり跳ね上がった！」

「ダンジョンに入れない！　高過ぎる！　なんだこの値段は！」

「みなさーん！　わかりましたかー？　この四人がふざけた事を言ったので見せしめに島の税率を滅茶苦茶なものに引き上げましたー」

権力って重要だよな。アルトではないが、今回ばかりはそう思う。

俺も出来ればそんな真似《まね》はしたくない。

だけど……闇影が粘着質に嫌がらせをされて良い理由にはならない。

「絆の嬢ちゃん……」

らるくは俺が何をやらかしたのか察した様だ。呆《あき》れているのがわかる。

「俺達は皆さんが利用しやすい税率設定をしているのですが、こんなワガママを許したら、楽しく出来ません。残念ですが出て行ってもらうほかありません」

いけない事だとはわかっているけど、出来る事は上手く使わなきゃね。

さっと値段を元に戻して、みんなを安心させる。

「まあコイツらをブラックリストに入れれば島から強制的に追い出す事は可能だが、ブラックリスト入り＝勝利！　みたいな訳のわからない奴もいるからさ」

周りから切り崩させてもらおう。要するにコイツらの風聞《ふうぶん》に傷を付けてやる。

ブラックリスト入りはそれからで十分だ。

「手始めがコレ。次はどうするかな？　実のところ、俺は君達が自由に遊ぶ事を制限する様な真似はしたくないんだ。とりあえず、迷惑だから自発的に島から出て行け、ここにお前らの居場所はない」

渋々出入り禁止にしていない様に見せる。

周りのプレイヤー達が四人組へ敵意を向けた。

「あまり自分が正しい前提で話をしない方が良いと思う。ネチケットは守らなきゃな」

俺が言うのもなんだとは思うけどさ。

「絆殿……」

「絆さん……」

ああ、硝子と闇影の眼が怖い……軽蔑ではないと思いたい。

「すげえな……こんな事も出来るのかよ。絆の嬢ちゃん」

それだけの権限が俺にあるって思うと凄《すご》いな。一プレイヤーに都市管理の権利が与えられているんだ。

つまり問題のあるプレイヤーを排除する事だって可能……自治権を持っているのと同じって事だ。

「ふ、ふざけんじゃねえぞ！　運営がそんな事まで委託してんのかよ！　このチート野郎ども！　まさに運営のお気に入りじゃねえか！」

「許さないぞ！」

そこで他のプレイヤーが間に入った。自分達にも被害が及びかねないって事をしっかりと理解したらしい。蚊帳《かや》の外ではいられなくなった連中のする事は、わかりやすい。

「チートって……このゲームで出来る訳ないだろ」

誰かがポツリと呟《つぶや》いた。

まあそうだよな。ＶＲでＭＭＯではあるが一般的なオンラインゲームとは異なる。プレイヤーが施設で入念なチェックを受けているし、現実の身体は機材に入っている。しかもある程度はＧＭもモニタリングしているだろうし、このゲームをどうやって解析してチートするというのか。

せいぜいバグ利用があるかないかってところだろう。

「これ以上刺激すんな！　お前らが騒いだら俺達に被害が出るだろ！」

「そうだそうだ！　悪口なら相手のいない所でやれ！　コイツらはチートを使っている訳じゃないって証明されてんだろ」

「レッテル張りも大概にしておけ！　もしくはチラシの裏で悪口書いてろ！」

周りの擁護《ようご》に四人組の怒りがヒートアップ！　いや、陰口でも嫌だけどな。

まあオンラインゲームやっていれば嫌でもこういう事はあるけどさ。

「そんな訳だ。お前ら、これに懲りたらもう少し人との付き合い方を覚えろよ？」

最後はらるくが更生を促す。まあプライドの高いコイツらがこれに懲りるとは思えないけどな。

「ふざけんじゃねえ！　こんな事が許されていいはずがねえだろ！　もうやってらんねー！　こんなゲームさっさとやめてやる！」

「ログアウトだ！　させろよ！　俺達はもうやりたくないんだよ！」

「クソゲー！」

「ぬおおおおおおおおおおおおおお！」

声高々に叫んでいるが、コイツらがログアウトする様には見えない。

コイツらの反応、ツッコミ待ちの頃よりは笑えるな。道化という意味で。芸人から道化にチェンジだ。

「お前らにはこういった方が良いかもな。ゲームとはいえセカンドライフ、第二の人生だ。好き勝手やって良い訳じゃない。死んでやめるとか出来ない分、現実より辛《つら》い牢獄《ろうごく》になるんだぜ」

らるくの言う事は間違いない。

「いいからここから立ち去れ、邪魔だ！」

「みんなで楽しくゲームがしたいんだよ！」

「ゆったりと生活したくて高い金払ってプレイしてんだ。迷惑を掛けんな！」

「出てけ！　お前らの方がうるさい！」

「なんだと！　ふざけんなよ！」

「俺達がどれだけ強いかわかってんのか！」

「ああ⁉」

なんて感じで周りのプレイヤーに突き飛ばされ、四人組は港の方へと連れ去られていった。このゲームはＰＫ出来ないので、大丈夫だろう。

「どれだけ強いかって今はもう、そこまで強くねえだろ。硝子の嬢ちゃんに支えられていたのを気付けよ。全く……」

後に聞いた話によると、あいつらの悪評が随分と広まったらしい。

他プレイヤーに散々迷惑行為をした罪状が軒並みあり、運営への悪口や他プレイヤーのアカウント凍結デマを連日送り続けた所為《せい》なのか、全て自業自得なんだがな。

……俺達の周りにいるプレイヤーが若干恐怖の目で俺達を見ている。

まあ、自分達の命綱を握られたら楽しくなんて出来ないだろう。

「あ、皆さん、そんな脅えなくても良いですよ。みんなが島を楽しく利用する事が俺達の願いです。クエスト面倒だったんで、出来れば楽しんでください」

但し、税を無しにするのはやらない。それは良くないとアルトも言っていた。必要な権利であって、無税が人々に良い事だけではないとも言っていた。

本当は金が欲しいだけなんじゃないかと睨《にら》んでいる。

クエストが面倒というのは本当だ。

俺達のギルドはアルトを始め、ロミナやしぇりるといった生産型が多いからな。

「あくまでこんな事も出来るってお披露目みたいなもので、他の都市でも解放クエストをクリアしたら皆さんも出来るようになるかもしれませんよ」

ちなみにアルトの話だと、あまりにも高過ぎる税にするとプレイヤーが島を出て行ってしまう事もさる事ながら、税を掛けられない島の一部施設の利用だけをされる事になってしまうとか色々と言っていた。

あくまで島の攻略報酬は一部にしか掛かっていないんだよな。

「そうだぜ！　ここは絆の嬢ちゃんがゲームの謎を解いてみんなに解放した都市なんだ！　今までのゲームの常識に縛られず、色々と挑戦する事で成功を掴《つか》める第二の人生なんだぜ。次の絆の嬢ちゃんは誰だって感じで挑戦しようぜ！」

俺の説明と、らるくの宣言を聞いて、プレイヤー達は成功者の言葉として耳に入れ、野心あふれる表情をしていた。

こんな事も出来ると知ったらやる気を見せるのは人の性《さが》なのかもしれない。

そんな訳で、闇影に引っついていた酷《ひど》い二つ名は、この出来事を皮きりに鎮火する事になる。

「絆殿、らるく殿、その、ありがとうでござる」

「良いって事よ。闇影の嬢ちゃんもしっかりと楽しんでくれよ。じゃねえと俺と絆の嬢ちゃんが前に出た意味がねえからよ」

「絆さん。格好良かったですよ」

「そ、そうか？　まあ、こういうのはキャラじゃないんだけどさ」

俺はこのゲームを釣りをするために始めた訳で、謎の領主として都市管理をしたい訳じゃない。そういうのはアルトの方が向いていると思う。

釣り以外のやりたい事と言えば友達とワイワイするくらいだ。

「はあ……なんか辛気《しんき》臭い空気になったな。釣りはやめて、らるく達を誘ってダンジョンにでも潜って熟練度でも稼ぎに行くか！」

「おう良いぜ！　最近てりすが戦いが面白くて止まらねえみたいで丁度良かったぜ」

「ええ、その意気です！　私も絆さん達と組んで良かったと思います」

「拙者《せっしゃ》もでござる！　がんばるでござるよ」

「みんなが本気を出してもついていける強さを俺は持ってないんだけどな」

そんな訳で、らるく達を誘って一緒にインスタンスダンジョンに潜ってエネルギーと熟練度を稼いだのだった。

尚、その日はみんなが優しかった。

十二話　ペックル雇用

さて、第三都市カルミラが解放されて判明したシステムであるペックル雇用に関してだが、ヘルプには雇用の仕方を始め何から何まで色々と書かれている。

とりあえず簡単に説明すると、ギルド登録と同じ様に城の受付でペックルを金銭で雇う感じだ。

一人一匹……そういやペックルってペンギンっぽいのに一羽《いちわ》じゃないんだな？

雇用するとペックルを戦闘で呼び出す、要約するとペット的な動かし方が出来るようになる訳だ。

但し、ペックルは戦闘よりも他の作業をさせる方が向いている。マイホームの清掃や武具の修理、何かの製作等、出来る指示はそこそこ多い。

雇用費の金銭を補給する事で雇い続ける事が出来る。

魚を与えるとやる気が向上し、作業効率が上がる訳だけど、僅《わず》かの金銭を与える事でも同様の効果が得られる。

ヘルプによると与えた金銭で魚を買って食べているらしい。

ちなみにその雇用延長費は一部ではあるが俺達の財布に入る。

みんなで集まり広間で情報交換だ。今回はらるく達も誘っている。

「新システムという事で雇用したのですが……」

みんなが試しに雇用したペックルを見る。

ちなみに俺が釣りあげたペックルとは完全に別枠のオリジナルペックルという扱いだそうだ。

そこら辺はゲーム的な仕様らしい。

「絆さんから借りた方が効率的ですよね……無料ですし」

「まあ……」

島主って設定だからか、俺達のギルドメンバーはペックルカウンターでギルドメンバーに当てはめると、島で一緒に作業したペックルをそのまま雇用関係にさせられる。

色々な個体がいるので、好きなのを持っていけば良いって感じだ。

「中々に便利だよ。ペックル達は新たに覚えた技能で作業の手伝いをしてくれるし、面倒な採取や採掘、鋳造《ちゅうぞう》まで経験させればしてくれる」

ロミナはペックル雇用で随分と助かっていると言っている。島内にいる限りは制限なんて無い。

いずれ島から出た後の事を考えて雇用関係が出来るのは一匹になるんだろう。

ちなみにロミナが気に入っているのはバイキングヘルム装備のハンマー持ちペックルだ。

「しかもこの島ではペックルは無数にいる訳だしね。アルトくんに頼めばいくらでも人員を割いてくれるから私はやりたい事をずっとやっていられるよ」

「ああ……そうか」

「オリジナルペックルを育てるのも楽しそう。私の友達もマイペックルで遊んでいるし」

紡が他プレイヤーの状況を教えてくれる。

なんていうか、ペックルの役目から見る限り、やはりどこかの妖精みたいな扱いが向いているんだろう。

でだ……このペックル雇用なんだがやはりというかなんというか、俺には制限が無い。

一人一匹という制限が無く、しかもカモンペックルでいつでも任意の場所に呼び出す事が出来る。

ブレイブペックルはさすがに一匹しかいないけどさ。

「絆の嬢ちゃん達は良い特典持ちなんだな」

「みたいねーてりすもちょっと羨《うらや》ましいけど、一から育てるのも良いと思う。ブレイブペックルちゃんは絆ちゃんだけなのよね？」

「そうだね。絆くんしか雇用は出来ないね。島での活動指示はこっちでも出来るけど」

らるくとてりすの質問にアルトが答えている。

てりすはアクセサリーが気に入っているのでブレイブペックルが貸し出し出来るなら借りたいんだろう。

「ペックルカスタマイズで任意のアクセサリーとか装備をさせる事が出来るみたいだし」

「じゃあ前カバンでも付けさせてナイフの二刀流でもさせるかね」

「なんかどっかで見た様な気がするぞ」

らるくって結構ゲームをやりこんでいるっぽいんだよな。俺が知らなくても似た造形のキャラクターを見た事がある様だ。

「何か危険な発想をしている気がするからお勧めはしないよ」

「そうか？　まあブレイブペックルにはキマイラヴァイパーシールドを使ってもらうか」

「私達の中に盾を使える方はいませんからね。らるくさん達は使いますか？」

「俺は盾使ってねえなー」

「てりすも使ってないわ。耐久系の人なら使うんだろうけどてりすは闇影ちゃんと同じく後衛だし」

「そもそも、そこまで甘えてられねーし、相場を考えると高めの盾じゃねえか。前回のイベントのボス装備だぞ」

ポンポンと当たり前の様に強力な装備品を渡されても困るぜ、ってらるく達が遠慮している。

義理堅いなー。ここまで丁寧だからこそ貸しても良いかな？　って思える。

「加工すると今の装備より性能が下がるからそれが良いのではないかい？」

「うーん……まあ、装備できそうなブレイブペックルがいるから持たせてみるか」

ロミナの提案も受けて、俺はキマイラヴァイパーシールドをブレイブペックルに持たせる。

「ペーン」

キマイラヴァイパーシールドをブレイブペックルに持たせたところ……ブレイブペックルの最初から持っている盾がキマイラヴァイパーシールドに変わった。

渡した盾が戻ってきてしまったんだが……。

「……」

「自前の盾まで同じのにしてしまったね」

サイズが小さくなっている様に見えるが防御力が上がり、攻撃を受けた時、高確率で毒の反撃ダメージを与えるようになった。

「結局余っているかー……」

「売れば良いんじゃねえか？　タンクなら買う奴いるだろ」

「そのあたりが無難か」

「じゃあ僕が処理しておくよ。それともロミナくん、残しておくかい？」

「強化とかに使えそうだからね。倉庫に入れておけば何かの役に立つかもしれない」

って事で余ったキマイラヴァイパーシールドはロミナが強化に使うかもという事で倉庫に入れる事になった。

「それはともかく、マイペックルのシステムの説明をするよ。疲労度と呼ばれる別数値があるそうだ。高いと勝手に休んでしまう。これはストレスゲージと同じだろうね」

簡略化されているって事かな。

無数にペックルを呼び出せはするけれど、疲労度には十分に注意をしろって事ね。

ペックルの育成も面白そうだよな。

いつでも呼び出せるなら一緒に釣りでもさせるか。

「絆くん、もしもペックルを呼び出す際は、あまり呼び過ぎない方が嬉《うれ》しいね。どうやら島にいるペックル達を呼ぶと、その分ペックルが使えなくなるから」

アルトが俺の考えを先読みして注意してくる。

「何だかんだ言って絆くんとは付き合いが長くなってきたからね。君の突飛な発想は時にとんでもない事を仕出かしかねない」

「やりそうな事と言ったら……気に入った釣り場を見つけたからといって際限なくペックルを呼んで釣りをしない事を勧めるよ」

ロミナまでアルトと一緒に注意してくる……そんなに俺は信用できないのか？

いや、普段の俺を知っているから念を押しているって事かもしれない。

姉さんや両親もこんな念押しをする事がある。

「絵的に面白そう！」

「賑《にぎ》やかで良いんじゃねえか？　絆の嬢ちゃんが第一都市の港で一人、ずーっと釣っていたのが印象的でみんな注目してくれるぜ」

「そうね。てりすも見てみたーい」

「お兄ちゃんやってみてよ！」

第二都市で釣りをしようと思っているけれど……あの川に一列ズラーッとペックルが釣《つり》竿《ざお》を垂《た》らしている光景を想像してみる。

凄《すご》くシュールな光景だ。

「何かのイベントだと思われそうですね」

硝子も想像して納得した様子。

「私はやるなと言ったのだが……」

確かにロミナの言う通りやめておいた方が良いかもしれない。

「わかったわかった。とはいえ、こんな育成システムも搭載しているんだな」

「やりたい事が多くなってくるから、そのアシスト用って事なんじゃないかな？　ＭＭＯ

にはそこそこあったシステムだと思うよ。武器とか防具、道具作り、家具、何かの作業を代行してくれるNPCの雇用とかね」

「俺も知らない訳じゃないけど、確かになー……しかも戦闘にも一応出せるから便利と言えば便利か」

まあ、呼び出すのはせいぜい五匹くらいがバランス的に便利そうだ。

一人でもパーティー活動が出来る……微妙にむなしいな。

「らるくさん達はペックルに何をさせるつもりですか？」

「調合とか消耗品を頼むのが良いかと思っているぜ。てりすのペックルと合わせて運用させんの。片方は採取でもう片方に調合をさせる形だ」

なるほど、分担作業で消耗品の確保をして主人は戦いやすい環境を整えていくってスタンスか。

同時に採取があれば色々と物資は集められると……まあ、こっちは数でやっている作業なんだけどさ。

「気に入ったペックルがいたら教えてくれると助かるよ。割り振るから」

らるく達は借りない方針だけど俺達の方は島のペックルを使える。

「わかった……けど」

そこでアルト以外の連中が俺の方に視線を向ける。

今の俺は元サンタペックルであるクリスが落としたサンタ帽子を被《かぶ》っている。

「あの、絆さん、一体いつまでその帽子を被っているのでしょうか？」

「絆の嬢ちゃんネタ好きだから装備しているのかと俺達は思ってたぜ？」

「そうそう。一足早いクリスマスとか？　ようこそ第三都市カルミラへって感じで」

らるく達はそう思ってたのか……激しく心外だ。

「別に俺は好きで被っている訳じゃないぞ！」

「そうだね。絆くんがそれを被っている事には大きな意味がある。具体的にはペックル達に効果がね」

アルトが後押しとばかりに胸を張って言い切る。

俺が今装備しているのはクリスマスペックル帽というふざけた頭装備だ。

クリスマスペックル帽　クリス＆島主専用

どんな効果があるのかというと、雇用しているペックルの全能力20％増加などというふざけた性能を宿しているのだ。

つまり……俺が装備する事で島にいるペックル全てが能力アップするという事だ。

ちなみにクリス自身に装備させれば前のサンタ帽子ペックル状態に戻せる。

中身はキングペックルだけどさ。外見だけな。

その優秀な効果のために、俺はこれを装備する事を強要されてしまっている。

「絆くんとクリス、更にブレイブペックルの能力上昇効果を合計すると、全ペックルの能力が約二倍にまでなるんだよ！　ブレイブペックルの指揮なしで！」

「指揮をさせると？」

「二・五倍になるよ」

「それだけの能力を生かせる状況ってもうあるの？」

開拓ではやる事が多かったからこそ必要な能力だった訳で、今はせいぜい店番や採掘、漁をさせるくらいしかする事は無いのではないだろうか？

建物の補修にしたって、劣化する時期ではない。

「ふ……甘いね。マイホームをカルミラで購入したプレイヤーが建築委託をしないとでも思ったのかな？」

「ああ、なるほどね」

ペックルに建物を建てさせる依頼の受注がある訳か。

他にも家具製作とか、アルトからすると仕事は山ほど存在するって事だな。

とはいえ、家の自作くらいは一般プレイヤーでも出来るはずなんだが……そのあたりも金で解決できるのがなんとも妙にリアルっぽくて嫌な気もする。

「それに高いに越した事は無いだろう？　僕のボディガードをしてもらうにも良いしね」

「アルトはもう少しレベル上げをすべきだと思う」

「そうだぜ。アルトの坊主は恨み買われてるからよ。『勝ち馬に乗りやがって』って商人プレイをしている連中から僻《ひが》まれてるぞ」

「商人は恨まれて一人前さ」

らるくの情報網でも引っかかる死の商人への評判。このゲームにＰＫが無くて良かったな。

「こりゃ懲りてねえなー絆の嬢ちゃん達に色々と灸《きゅう》を据えられたってのに」

「らるくくん。闇影くんではなく、君を呼んで嫌がらせした方が仲間に引き込めたかね？」

あ、まだ寝起きドッキリをされた事を気にしている。闇影に通じなかったのがそんなにも悔しいか。

「闇ちゃんの代わりにらるくさんを呼んだとしたら？　お兄ちゃんてりすさんに恨まれるんじゃない？」

「ないなーい。むしろてりすはらるくが美味しいイベントに誘われたってのが羨《うらや》ましいって思ったと思う。闇影ちゃん良かったわね」

そこは二人に確認したから大丈夫だってのはわかっている。

「心臓に激しく悪いイベントでござるよ」

「あーその場に立ち会いたかったぜ。アルトの坊主が主導で脅かそうとする姿をよ」

「……アルト、らるく達には通じない様だぞ」

「く……僕はあの時、誰を巻き込めば仲間に出来たんだ！」

首謀者がお前になるって時点で難しいと思うぞ。

「アルトの島召喚ドッキリのタラレバはこれくらいにして、お前はもう少し戦闘のレベルを上げるべきだと思うぞ」

「ふふ、僕はね絆くん。君の釣りの様に、商売オンリーなんだ。狩りなんてしている暇があったら商談をまとめるさ」

俺としてもなんでそこまで頑《かたく》なにレベルを上げないのか、お前はディメンションウェーブをゲーム終了まで商売の練習をするためだけにやっているんじゃないかと言いたくなる。

薄《うっす》らと見えるアルトのゲームプレイの意味。

「うへぇ……ゲームの中でも商売なんて俺はごめんだぜ」

「てりすもー」

社会人であるらるくとてりすはアルトの商売プレイに関しちゃ逆にやりたくないって考えなんだな。

「ゲームの楽しさをアルトの坊主には色々と教えねえとな」

「そうそう。商売なんて遊ぶに困らないゲーム内通貨を稼げてからでも良いのよ。強さがあれば自ら仕入れも出来るんだから」

「その意見には賛成だ」

今度紡にアルトをゲームオタクにさせる様、囁《ささや》いておこう。元々アルトはゲーマーっぽいけどさ。

「話は戻って再確認だけど絆くんはブレイブペックルと……クリスを固定で雇えるのを忘れないでほしい。むしろこの二匹をメインで使えば良いだろうね」

「ほい」

一番有能な二匹が俺の専属って訳ね……個性が一番強い二匹とも言えるのが悲しい。

「新たな採掘場が見つかったら絆くんがペックルを大量に派遣させるという手もあるよ」

ロミナも悪知恵が働くようになってきたなぁ。

確かにその方法を使えば少ない時間で大量の鉱石を入手する事が出来そうだ。

「後は……タイムリーな話題としてコレが良さそうだね」

そう言ってロミナはどこからともなく大きなペックルのぬいぐるみを出した。

……いや、これはぬいぐるみじゃない。

「なんですか、コレは？」

「素材は島の倉庫に溜《た》まっていた品なんだけどね。ペックル達の抜け羽というものを鍛冶《かじ》に使ってみたらレシピに出て来たんだ」

「着ぐるみ……ですか？」

そう、ペックルを模《かたど》った着ぐるみだった。

遊園地とかにいる、あのマスコット的な着ぐるみの衣装だ。

「フィッシングマスタリーと泳ぎ補正、水中戦闘技能が掛かるんですか……しかも性能がそこそこ高いですね」

「絆くんの所持する下級エンシェントドレスには及ばないしドラゴンゾンビ素材にも僅《わず》かに負けてしまうがね」

地味にいろんな技能が追加されるみたいだな。コレはある意味ペックルになりきれる装備かもしれない。

この手のネタ装備はオンラインゲームではありがちだが……う～ん。

「ちなみにだ。先ほどのサンタ帽子の件があるだろう？　この装備を着用すると一時的に種族がペックルに表面上変化する」

「何……？　じゃあスピリットは？」

「そのあたりのシステムまでは介在しないのは確認済みだ。後はわかるんじゃないかね？」

「俺がリーダーとしてみんながこれを装備したらドラゴンゾンビよりも上の性能になる」

硝子を始め、みんなに目を向ける。しぇりる、ロミナ、アルト、らるくとてりす以外が首を振る。

「……ペンギンストーリー。ダイエット。レトロゲーム」

しぇりるは反応が微妙だな。それは何のネタだ？

「しぇりるの嬢ちゃん趣味が渋いぜ」

「そう……」

らるくは何か知っているっぽい。やはり大人だからだろうか。

「いくら強くなれると言っても困ります。外見だけが全てではないですが、悪ふざけが過ぎるかと」

「そうでござる！」

「そうそう、ネタ装備はお兄ちゃん枠でしょ」

「絆の嬢ちゃん好きそうだもんなー俺もこういったネタ装備で大事なシーンをぶち壊すの好きだぜ」

「ゲームであるわよねー感動的なシーンのはずなのにプレイヤーアバターがネタ装備な所《せ》為《い》で笑いを誘うの。らるくが前にやってて爆笑したわ」

らるくとてりすが家でゲームをプレイしながら爆笑する光景が簡単に想像できた。

不良っぽい感じだからこのあたりの理解も深いなー……色々と大人な対応だ。

「絆の嬢ちゃんがマジで装備したら笑う自信があるぜ」

「ペックルしてくれるの？　絆ちゃん」

「何ならそのドレスをちょうだい」

「誰がやるか！　というか完全に俺をペックル枠に入れる気だな！」

「客寄せと顔を隠す意味で僕は良いかもしれないけどね」

アルトの場合はな……死の商人としての顔が割れない様にしようとしている様に見える。

いろんな意味で便利かもしれない。というか、この前の硝子の元仲間である四人組が使うと良いアイテムだな。

「武器とかは作れないんですか？　それならまだ妥協できるかもしれません」

「どっちにしてもネタ装備になりそうじゃない？　硝子さん」

「よくわからないんだよ。ありそうな雰囲気はするんだけどね」

「アップデートで出る新武器枠にあるんじゃねえか？」

「かもしれないね。キー素材が無いとかの可能性もあるよ。どちらにしても海上では有利になるかもしれないから覚えておいてほしい」

「使わない事を祈りましょう」

「泳ぎかー……この先必要になりそうな気もするな、てりす」

「そうねー。水着でも買って海で泳いじゃうー？」

「ビーチでの海水浴、懐かしいぜ……カンカンと照らす太陽、かわいい女の子に声を掛けて誘うあの夏の日をよ」

らるくがリアルの思い出へと浸り始める。

なんかいかがわしい所へ誘ったのか？

「焼きそば、かき氷を売るあの海の家のバイト……サーフボードが恋しいぜ」

なんかカクッと脱力してしまった。健康的な不良というか、陽がとても強いタイプというべきか。

「夏はサーファーしてたもんね。らるくは」

「らるく殿達が明る過ぎて拙者《せっしゃ》辛《つら》いでござる！」

逆にコミュ障忍者がらるく達の思い出話でダメージを受けている。俺もちょっときつい！

「サーフボードとかねえのか？　しぇりるの嬢ちゃん」

「……」

なんかしぇりるの目に影がかかっていて怖いんだが。思えばしぇりるも闇影側の人間な気がする。

「しぇりるの嬢ちゃん？」

「……無くは無い」

あるのかよ。どこまで完備してるんだ？

「うっし！　俺の腕前を見せてやるぜー！」

「マジレスするとゲーム内のキャラクターステータスやスキルに影響を受けるからリアルの時みたいに上手くは乗れないと思うよ」

「経験があれば低技能でも使いこなせそうだけどな。この場合は何が影響を受けるんだ？」

「サーフボード技能とかあるのか？　しぇりる？」

俺の質問にしぇりるは首を横に振る。

「船上戦闘スキル」

「あ、一応船扱いなのか」

「そう」

サーフィンするにも必要な船上戦闘スキル……なんでしぇりるは知っているんだろうか？

「なあ？　なんでしぇりるはサーフィンをするのにそのスキルが必要なのを知っているんだ？」

「……」

なんでそこで黙るんだよ。海女《あま》だから試していても不思議じゃないだろ。それとも恥ずかしいのか？

「絆にはビート板」

「なんでだよ。俺は子供みたいだから似合うってか？」

俺の言葉に周囲の連中が揃《そろ》って視線を逸《そ》らす。似合うと思っているのが丸わかりだ。

「絆の嬢ちゃんはスクール水着とか似合いそうだよな」

「だよねーてりすもそう思う」

「嫌だよ。俺は男だぞ」

「今は幼女でござる！」

「うっさい！　そもそも俺は泳げる。地底湖で素潜りしたんだからビート板なんて要らねえよ」

「いつもの事ですね」

「もはや日常だねーともかく、これからの事を考えるなら泳ぎを習得するのも良いかもしれないね」

「ま、夏の日差しが俺を呼んでるぜ！　浜辺で遊ぼうぜー！」

って感じでらるくがてりすと一緒に海岸へと遊びに行ってしまった。楽しく水泳技能と船上戦闘スキルが上がるなら良いんじゃないか？

そんな訳でペックル達はディメンションウェーブをプレイしているユーザー達に浸透していったのだった。

で、他に起こったイベントとして島の近隣に別の島が発見された。

こっちも一応、カルミラ島の領地内って扱いっぽい。この島は単純なモンスターが生息する狩り場って扱いだ。

カルミラ島本島を拠点に島へ向かう船持ちプレイヤーが効率の良いモンスターを探して向かう構図が出来ているってところだな。

しぇりるが監督する船のドックには新規で船を依頼する人がそれこそ、山の様に来るようになった。

船作りに関しては製造系プレイヤーが急いで作っているらしいけど、やはりゲーム当初から船作りをしていたしぇりるには敵《かな》わないらしい。

しかもしぇりるが作る船はマシンナリーで作ったレーダー付きなので、性能もピカイチ。

素材、金銭、全部持ちでしぇりるに作ってもらう環境というのは、しぇりるからしたら幸せな状況かな？

本人はあまり喋《しゃべ》らないからわからないけど、人数限定で依頼は受けている様だ。

島が解放されるまで好き勝手に船作りしていた腕前が評価されつつあるって事か？

ああ、後……やはり解体に関しては割と周知の事実となっていて、解体技能を磨いている連中がそこそこ増えている。

釣り人は俺が見たところ、そこまでいないのが不満に思うところだろうか?

釣りと解体は相性がいいと思うのだが……そんな感じで島での出来事は日々変化が起こっている。

インスタンスダンジョンの時間節約術でケチくさく地道にレベル上げするか未知の島を冒険して自分達にあった狩り場を見つけるか等、やる事の可能性が広がった感じだな。

十三話　ディメンションウェーブ第三波　始動

で、島での変化にみんなが対応し始めた頃……。

――バリンッ！


聞き覚えのある音が響き渡り、島に強風が吹き荒れた。

「あー……」

俺は風が来た方角を見上げる。島の近海にひび割れた空が映し出されていた。

前回は遠過ぎて色くらいしか判別できなかった波の発生現場が……割と目の前にあった。

そう……島の近くで波が発生するのがわかったのである。

「造船を急がせろ！」

「今回の波は海上で発生するらしいぞ！」

「えー……船上戦闘スキルなんて習得してねえよ。事前にそんな事を要求しておくとか運営もう少し考えろよなー」

島のドックを買い取った造船技能持ちの職人達が急ピッチで船作りをしていた。

先発隊が調査した結果、波が起こるフィールドは全部海だったそうだ。

自然と船に乗って戦うか、泳いで戦うかの二択になる。さすがに海の上を歩く魔法なんてのは見つかっていない。

空を飛ぶ技術も今のところ無い。で、船上で戦うとしても一般プレイヤーは船の上で戦う事をしてきていない。

そのため、船上で戦おうものならまともに体が動かなくなる。硝子や闇影が初めて船の上で戦っていた時が印象的だ。

あの時と同じで、船の上での戦闘に慣れない連中は試験的に船で戦ったらボロボロにされたって話だ。

一部は海で戦う事をしていたから多少は船上戦闘技能を所持しているけれど、それ以外の連中は蔑《ないがし》ろにしていた項目だ。

どちらかと言うとインスタンスダンジョンの需要が多かったのは時間の節約もさる事ながら、船上戦闘技能を習得する手間を惜しんだ所為《せい》だろう。

「浜辺で楽しくひと夏のブルースをやっていたのが結果的に正解になったな。予想は出来ていたけど絆の嬢ちゃんみたいなプレイが良い結果に結び付いたぜ」

ひと夏のブルースって……らるくの実年齢が非常に怪しい台詞《せりふ》だぞ。お前は一体何歳なんだ。お爺《じい》ちゃんとかそんな次元に感じるぞ。

いや……なんていうか元不良とかそういった空気を持っているけどさ。

「らるく、センス古くないか？」

「え？　マジ？」

「さすがにてりすもこれは擁護《ようご》できないーらるくーナウいとかそんな次元な事言ってるー」

「ち、ちげぇって！　俺はそんな高齢じゃねえぞ！」

「まあ、らるくの実年齢はお爺さんと仮定しておくとして」

「あ、絆の嬢ちゃん達、俺をジジイ扱いしてネタキャラにさせる気だな！　そうはいかねえぞ！」

必死ならるくが珍しくて弄《いじ》るのも面白いけどそれじゃあ話が進まないな。

「それはおいておくとして、らるく達は今回の波でしっかり戦えそうで何より」

アルトの話では前線組とやらは不必要な技能を強引に習得させられるとか愚痴《ぐち》っていたとか何とか。

モンスターと戦えれば何でも良いってゲームじゃないだろうに……レベル＝強さって訳じゃない。

どうも前線組って連中はそのあたりの柔軟性が欠落しているのではないだろうか？

前に俺がやった事のあるゲームでもあったな。情報サイトの攻略情報以外は信じないって連中の話。

ネット内で情報が出回る前に効率の良い方法を見つけた事があって、知り合いに効率の良い方法があると教えても、そんな情報ネットに転がっていないから非効率だとか言い返された。

後に俺が見つけた方法が出回ると手の平を返されたけど、それまで聞く耳を持たなかった。

誰かが見つけたやり方をなぞる事しか出来ない人というのは一定数いるのを俺は知っている。

それが悪いとは言わない。だけど、それが正しいなんて俺は思わない。

デマに踊らされるのもそういった連中だと思うし、話は戻るが船上戦闘技能は習得に時間はかかるけど、習得の難しい技能じゃない。

「前線組の船上戦闘スキルとかの習得率の低さは響きそうだけど、なんでこんなに少ないんだろうな？」

「あー……頭固いんだろ。他のゲームとかだとレベルが高けりゃ良いとか金かけりゃ強いとかあるからよ。ここまで閉鎖的な環境での経験が少なくてレベル上げに意識を向け過ぎるって奴だ」

「レベル限界近くなると経験値の入りが悪くなるから別の事をした方が有意義なのにねー」

って島での生活を満喫している水着のてりすがらるくの意見に同意している。本当、仲が良い二人だな。

「極寒地域で波が起こったら、防寒具を着こまないと戦えないのはおかしいと不満を言う気か？」

「何にでも文句を言う奴らはいるぜ。レベル上げ面倒くさいとか言ってる奴らがいたからよ。その癖アルトの坊主みたいに商売をする訳でもなく、採取とか料理とか好きな事をやる訳でもない奴らがよ」

「……なんでこのゲームに参加したんだ？」

ディメンションウェーブに参加するには相当な金を出さないと出来ない。

全てを面倒くさがるとか楽しむって気概が無いぞ。

「思っていた事と違ったって事でやる気をなくしたらしいぜ」

「ゲーム終了まで何もせずに過ごすとか地獄じゃないか？」

元硝子の仲間達じゃないが、ログアウト出来ないゲームで数年過ごすんだぞ？　何かしらの楽しみとか見いださないと話にならないだろう。

「さてな。そんな楽しむって事を忘れた連中の事を気にしたってしょうがねえよ。前線組の連中って奴らはまだ他のゲームでのノウハウ……固定観念ってやつに囚《とら》われてんだろうな」

……まあ、らるくの言う通り一部だろうし気にしたって始まらない。

前線組には前線組のルールや常識があるのだろう。

どちらにしても島が解放されて日が浅く、俺達以外のプレイヤーは適応できていない状況で波に挑む事になった。

そういえば久々に奏姉さんに会ったっけ。

『絆、久しぶり。さっそくなんだけどちょっとお願いして良い？　欲しい素材があるのだけど持っていたら教えてほしいの』

『ん？　良いけど』

会ったと同時に不足分の素材を持ってないか聞かれた。

『波の前に装備を新調しておきたいのよ。持っていたらで良いから』

『わかった。何が欲しいの？　ちょっと倉庫を見てくるよ』

『ありがとう。さすがは自慢の妹ね』

『弟な』

そんなやり取りをしたけど、奏姉さんは相変わらずやりたいようにしているようで、俺が島主である事に気付いていない様子だ。

それもそれでどうなんだろう？

まあ、奏姉さんも仲間がいて、そっちで色々とやっているみたいだし、あんまり干渉するのもどうかと思うけどさ。

紡の方も知り合いと一緒にそこそこ話をしたそうだ。

しぇりるに船を作ってもらえないかと頼まれたとか言っていたな。

俺の所の船を貸すのは図々しいから紡自身が念を押して断ったみたいだ。


そんなこんなで波戦が発生するだろう当日。

「うわー……一体どこからこんなに船が集まっているのかねー」

波が発生する専用フィールドには無数とも呼べる船舶が今か今かと待ちわびている。

第一都市にいた頃は船なんてほとんど見た事が無かったのにな。

「な、なんだあの船」

「でか！　巨大ペックルと融合してるぞ！」

「海賊船風か？　妙に凝ってんなー」

周辺チャットが聞こえてきた。

みんな揃《そろ》って俺達が乗っている、しぇりる作の俺達専用の船を指差しているのがわかる。

ちょっと気分が良い。どんな形状かと言うと、まず船首は巨大ペックルが引っ張る形に適した船とも呼びづらい形状。

で、船の真ん中あたりにマストを立ててあり、大砲が横軸に設置されている。

しぇりるの趣味なのか、使われた素材がドラゴンゾンビ素材だからなのかは不明だが、髑髏《どくろ》のマストが設置されている。

もちろん、船首にもバリスタを設置してあるぞ。

船尾周りにもバリスタは設置してあって、完全に海賊船に見えなくもない。

開発段階ではこの船でペックル達は漁をしていたっけ。

こう……昔、シューティングゲームで猫と船が合体した中ボスを見た覚えがある。

それのペックルバージョンだと思ってくれて間違いは無い。

ちなみになぜか船にペックルを乗せると、みんな海賊の子分が着用するバンダナを頭に巻く。

パイレーツペックルってか？　ご丁寧な細工だ。

「良いなー、あれ。どうやって作ったんだろ？」

「島主のじゃないか？　ペックルを滅茶苦茶連れているし、あの巨大なペックル……設置物じゃないだろ」

「限定アイテムか何かを持っているって事か。不公平だな」

「シークレットクエストをクリアしたら差も出るだろ。俺達もがんばるしかねえよ」

「堅実にダンジョン行くか大穴でクエストを探すか、か……」

割と注目の的になってしまった気がする。

まあ、これだけ事前準備をしていたらそうなるか。ちなみにテスト運転をした限りだとかなりの速度で移動可能だ。

ソナー付きで魚影もキャッチ可能。

俺向きのカスタマイズをしている。しぇりるも良い仕事をしてくれたな。

「前回は開拓業をさせられて免除にされたんだ。今度こそやるぞー！」

「ええ、がんばりましょうね」

「もちろん！」

ちなみにアルトやロミナは島の方で一般プレイヤーの援護に専念している。

回復アイテムの支給とか武器の提供とかする事は無数にある。

予備の船を戦闘フィールドと行き来させるつもりだ。やはり問題はボスが出るまでだよなー……。

『今回もわらわが指揮を執るのじゃ』

お？　最初の波で的確な指示を出していた奴のオープンチャットが聞こえてくる。

「船上戦闘スキル取得が面倒くせー」

「スキルポイントとか消費するゲームじゃねえんだから満遍《まんべん》なく覚えりゃ良いだけだろ」

「うるせーな。好きに戦わせろってんだ」

前線組も何だかんだ言って手慣れた様子で武器の準備をしているし……どうにかなるだろ。

「絆の嬢ちゃん達、厄介になってわりぃな」

らるく達も今回は俺達の船に乗ってもらっている。気心の知れるプレイヤーなら良いかと誘ったら乗ってくれたのだ。

何だかんだインスタンスダンジョンとかで一緒に潜ったりしているしな。

こういう時こそ一緒に攻略をしたら楽しいだろう。

「がんばって行こう」

「おうよ！」

「てりすも闇影ちゃんとお揃《そろ》いのアクセサリーが火を噴くわよ！」

「そ、そうでござるな」

なんて準備をしていると前に参加した波と同じく……モンスターが現れた。

『毎度おなじみ、ボスが出てくるまでの辛抱《しんぼう》じゃぞ！　みんな！　前回と同じく、しっかりと戦うのじゃ！』

前回は参加してないけど、まあ気持ちはわかる。俺もやっと戦える！

免除されて損は無いとしてもイベントなんだから参加したかったんだ。

「絆の嬢ちゃんは久しぶりの波戦だな」

「ああ、今回は上位を狙う！」

「ええ、今度こそ最初の波の様に私達が力を存分に振るう時です」

「闇ちゃん、今回も行けるかなー？　何だかんだ闇ちゃん好成績出すし」

「どうでござるかな。拙者《せっしゃ》も負けないでござるよー！」

「……そう」

「当然だぜ！　俺達も負けてられねえ！　行くぞみんな！」

で、出てきたモンスターの名前を確認。

次元ノサハギン
次元ノ怪魚
次元ノカジキ

どれも水棲系《すいせいけい》のモンスターが出てきた様だ。次元ノカジキ……釣りあげたかったな。普通にモンスターの様だ。

『ふ、船にモンスターが乗り込んできた！』

『急いで殲滅《せんめつ》するのじゃ！　Aの6とBの5とAの1に黒い島……今回の破壊目標が設置されたのじゃ。モンスターの方は海から無数に湧き出しておる。出現数は前回の比ではない様じゃ！　みんな気張るのじゃ！』

	1	2	3	4	5	6
A	●					●
B					●	
C						
D						
E						

バシャッと海中から次元ノサハギンが飛び出して甲板《かんぱん》に乗り込んでくる。

「おっと先に頂くぜー！」

タタンとらるくがステップを刻みながら手慣れた様子で鎌を振るって次元ノサハギンへと攻撃を仕掛ける。

「あ！　らるくさんずるーい！　私も負けられなーい」

紡が負けじと飛び出してらるくと一緒に鎌を振るって暴れ始めた。

頼もしい限りだ。

「負けませんよ！　絆さんとしぇりるさんはバリスタと大砲で海中のモンスターを殲滅していてください」

俺としぇりるは親指を立てて、バリスタで海中にいる次元ノ怪魚と次元ノカジキ目掛けて、バリスタを乱射し始める。

すぐに矢が射出される音が響く。

「ペックル達は投網と機雷《きらい》を海に投げ込めー！　モンスターどもを少しでも減らしてみんなの手助けをするんだー！」

「「ペーン！」」

俺の指示に従ってペックル達が海中に投網と機雷を投げ落とし始める。

金に物を言わせた物量を俺達の船は積んである。

「拙者《せっしゃ》もやるでござるよ」

闇影が相変わらずのドレインを硝子が戦う次元ノサハギンにぶちかます。

バシっと良い感じの効果音がして、次元ノサハギンは一撃で息の根が止まる。

「おや……?」

闇影も手ごたえの無さに首を傾《かし》げている。

「闇影ちゃんやるわねーてりすも負けないわよー! バーストサンダーレイン!」

っとテリスが雷の雨を降らせる魔法を放ち、出てきた次元ノサハギン達を一掃する。

「やるでござるな。拙者《せっしゃ》も拍子抜けな相手でござるが負けないでござる!」

普段からだけど、らるくとてりすは紡と闇影の良いライバルって関係みたいだな。

俺も釣りで競うような……仲間が欲しいぜ。

巨大ペックル船で高速で動きまわりながらバリスタや大砲を乱射する俺達に次元ノサハギンや次元ノカジキは狙いを絞り、群がってくる。

「ヘイトを集め過ぎましたね」

甲板に無数の次元ノサハギンが現れ、硝子と闇影、紡が防衛するために構える。

「ペーン!」

そこにクリスとブレイブペックルを筆頭としたペックル部隊が乱入して甲板《かんぱん》は乱戦となる。

「む!?」

俺に狙いを絞った次元ノサハギンの群れが突撃してくるのをケルベロススローターで迎

撃しようとしたところで、ブレイブペックルが前に立ちはだかり、盾で次元ノサハギン達の猛攻を受け止める。

ボフ！　っとブレイブペックルに装備させたキマイラヴァイパーシールドの効果で次元ノサハギンが毒状態になった。

「負けないペンよ！」

クリスが回転しながらサハギンに突撃して、フリッパーでコンボを繰り返す。

うわ、地味に動きが良いな。流れるように王冠からハンマーを出して次元ノサハギンの脳天に振り落としてスタン状態にさせる。

開拓の七つ道具を使用した攻撃コンボがある意味綺麗に、サハギン達を蹂躙《じゅうりん》していく。

さすがはペックル。海の生物って事なのか？　ＮＰＣがこれだけ活躍してくれるなら、今回の波は楽勝だな。

「絆の嬢ちゃん達のペックルも馬鹿にならねえな。その頭装備の効果すげー」

「いつまでもこれを被《かぶ》らされる方の身になってほしいけどな」

「はは！　絆の嬢ちゃんの苦労もわからなくもねえよ」

「んじゃ今回のイベントでここにいる奴らで最下位になった奴は次の波まで着ぐるみで行くのはどうだ？」

「みんなぁあああああ！　負けらんねえぞぉおおおお！」

「おおおおお！」

って船に乗ってるみんなが先ほどよりも熱のこもった戦闘をし始めた。そんなにあのネタ装備を着るのが嫌か。

まあ、みんなノリでやってるだけだろうけどな。俺も罰ゲームにマジになる気は無い。せいぜい二、三日着てもらう程度にしておくけど。

「……ん？」

闇影の威力やペックル達の動きから早くも勝利を確信したところでオープンチャットが聞こえてきた。

『敵を倒す前に敵が湧いてきて！』

『うわぁあああー！　ゴボゴボ……』

『こちらＥの３。風が強くて船が転覆した。誰か助けてくれ！』

『救援に行きたいけど船が上手く動かなくて無理だ！』

「ペックルはモンスターじゃないペン」

そんな声がどんどん聞こえてくる。あっれー？　これって結構やばいんじゃないか？

まあ今回は船上戦闘スキルや舵《かじ》スキルが必要になる。

そしてそれらのスキルを波に挑む全プレイヤーに求めるのは酷《こく》だ。

特に舵スキルは移動するためのスキルなので、これが無いと移動するのも難しい。

これは思った以上にきつい戦いになるかもしれないな……最後のペックルの声は無視する。

少なくとも俺のペックルではないしな。

「絆さん、右隣の船の方々が助けを求めているので行っても良いでしょうか？」

確かに右隣の船は船上戦闘も舵も無さそうなメンツで困っている。

無視していると壊滅して流れてきそうだ。

何よりこちらは闇影と俺達で敵の戦力を十分削れている。

「わかった。動きがあるまで援護していてくれ」

「はい！」

硝子は頷《うなず》くと船の縁を蹴って右隣の船に飛び移った。

「硝子の嬢ちゃんだけじゃちょっと不安だな。てりす、ちょっと俺は硝子の嬢ちゃんと一緒に行くぜ」

「わかったわ。存分に暴れてこないと絆ちゃんに着ぐるみ着せられちゃうわよー」

「おうよー！　てりすも気を付けろよ。んじゃ行ってくるぜ」

そう言ってらるくは硝子を追いかけて行ってしまった。運動神経が良いって羨《うらや》ましいな。俺はあそこまで身のこなしは軽くない。

隣の船を見下ろしていると、らるくは着地と同時に次元ノサハギンを一匹仕留めている。

「じゃあ私は左の船を助けに行くね」

紡も反対側へ硝子と同じ様に飛んでいった。こちらは確認するまでもなく蹴散らしてくれるだろう。

「らるくも行っちゃったし、てりすは紡ちゃんと一緒に暴れようかしらね。じゃ行ってくるわー」

てりすも紡と一緒に行ってしまった。何だかんだみんな思い思いに暴れてしまっている。

このままだと言い出しっぺの俺が着ぐるみを着かねないか？

「……前進する」

しぇりるが突然船を進ませ始めた。

硝子達がさっき飛んでいったばかりなんだが……。

「硝子殿達はどうするでござる？　サークルドレインでござる！」

「このままだと圧迫される」

そう言われて周囲を眺める。

地面と違って船ばかりの光景だが、至る所に船があり、そして戦闘を繰り返している。

中には船が転覆して海に落とされている者までいるな。

これが地上であれば連携をして敵の進行をなんとかできるんだろうが、如何《いかん》せん敵は海中からやってくる訳で、中々にぐだぐだな状況になりつつある。

お、素潜りして海中で戦闘している奴がいた。

特殊な戦場だが、スキル相性の良いプレイヤーもいるみたいだ。

しかし……それでも周囲を見る限り、しぇりるの言う通り動けなくなる前に進んだ方が良い。

「そうだな。まともに動ける程度までは前進しよう」

「うん」

そうして船を前進させながら、俺はパーティー会話に切り替える。

『このままだと船が動けなくなるから、船を前進させる。船から船に飛び移って適当に蹴散らして移動してくれ。合流はそっちの判断に任せる』

『わかりました！』

『了解ー！』

幸いな事に俺達の船は目立つ。近場に船が並んでいる現状なら、それらを足場にして合流する事も可能だろう。

十四話　次元の白鯨《はくげい》

「むう……硝子殿と紡殿、らるく殿やてりす殿がかっこいいでござる！」

「闇影、お前は船の護衛な」

「わ、わかっているでござるよ」

闇影が硝子達に羨望《せんぼう》の眼差《まなざ》しを向けている。

飛んで移動する感じは忍者に通じるものがあるからだろう。闇影まで消えると俺達の戦力的に厳しいので残ってもらわないと困るんだ。

おっと、フィールドチャットで報告しておかないとな。

『こちらEの3……じゃなくてDの3。Eの3からパーティーメンバーを左右へ一名ずつ救援に向かわせた。困っている人は「ディメンションウェーブ対策委員会」のギルドメンバーに助けを求めてくれ』

『いや、一人来たくらいじゃ……あー、助かる。扇子の着物の……硝子様がらるくと一緒に敵を倒してくれた』

『こちらは紡ちゃんとてりす様が……』

別行動を始めてそんなに経っていないのにもう活躍してやがる。

硝子様って……硝子有名人なんだなー紡は顔が広いから親しまれているんだろう。らるくも有名人だな、てりすって様付けで呼ばれてるのか。

怒らせたら女王様って感じなのかな？　らるくとの会話から考えて。

さて戦場の分析だけど、敵単体の強さは低めに設定されているのは運営の良心か。

きっと特殊なマップだから必要なスキルを揃《そろ》えている人からすれば難易度は低めなんだろう。

逆にスキルが揃っていないと厳しいだろうが。なんてやっている間も敵が大量に海面から飛び出して船に乗ってくる。

それらの攻撃を受け止めてくれるブレイブペックルと攻撃するクリス。

俺はブレイブペックルに合わせる様にバリスタを撃ちまくる。

そして船の敵を殲滅《せんめつ》したら周囲の船や海面にバリスタを射出、射出、射出。

うん、金銭的にはきついのかもしれないが、ポイントが凄《すご》い速度で上がっていく。

何よりＶＲＭＭＯなのに無双感が凄い。俺にはこの手のオンラインゲームで無双する経験なんてほとんど無い。

何故なら俺は紡や奏姉さんほどプレイヤースキルが無いからだ。

そもそもオンラインゲームはプレイヤーキャラクターのスペックはほとんど一緒だから

差がつきにくい。

しかしどうだ。バリスタで蹴散らされていく次元ノサハギン、次元ノ怪魚、次元ノカジキ。

闇影の魔法でもそれは同じで、なんていうかアルトではないが『ははは、敵がゴミの様だ！』って感じだ。

アイツは金に関してだけどさ。

「よし、闇影、しぇりる、俺達は戦線を押し上げていくぞ！」

「うん」

「おう、でござる！」

†

「しぇりる、バリスタの矢の追加が来たぞ！」

「……ん」

あれから俺達はバリスタを撃って撃って撃ちまくった。

途中バリスタの矢が切れた事もあったが、定期的にアルトから追加の矢が届く設定にしているので弾切れにはならない。

一時的に切れても弓に切り替えて撃ちまくるだけだ。

「島が見えてきたな」

黒い島……今回の破壊対象が見えてきた。マップを一直線に突っ切って向かったのでBの5だ。どうやら、というかやはり俺達が一番乗りだ。

「周囲警戒するから、行って」

「了解！　闇影、行くぞ！」

「任せるでござる！」

船がそのまま黒い島に突撃する。重い衝撃がするが、気にせずに飛び出して着地。

島の中心にある黒い塔を目指す。しかし、島には当然ながら敵の姿が……。

「クレーバー！　クレーバー！　クレーバー！　クレーバー！」

「サークルドレインでござる！」

それらの攻撃で敵が面白い様に沈んでいく。

エネルギーがここに来るまでに現在の限界値に到達したので、出し惜しみなどしない。

何よりスキルを使ったその場からパーティーシステムの影響でエネルギーが回復していく……きっと硝子達や紡達が魔物を倒しているからだろう。

そうでなくても闇影が範囲魔法で蹴散らしているしな。

「よし！　張り付いた！　ペックルども、総攻撃だ！」

「「ペーン！」」

黒い塔に張り付いて攻撃を開始する。

大量のペックルでガスガスと攻撃していく。俺もスキルを撃ちながら通常攻撃を織り交ぜて殴りまくる。

後方はしぇりるがバリスタで援護してくれているのでなんとかなっているみたいだ。

時折闇影が後方に戻っていって雑魚《ざこ》を蹴散らしているし、なんとかなりそうだな。

「しかし堅いな……」

俺の愚痴《ぐち》にしぇりると闇影が答える。

「多人数前提だからしょうがない」

「そうでござるな。十人以上で叩《たた》くのが基本でござる」

三人＋ペックル達だからな。

単純な数だけで言えばペックルの影響で多いが、所詮《しょせん》はＮＰＣ。

プレイヤーの威力には勝てないだろう……使ったその場でエネルギーが回復するんだし、久々にあれを使うか。

「エネルギーブレイド！」

俺はアイテム欄からエネルギーブレイドを取り出して振りかぶる。

当然、使用エネルギーは無理の無い範囲だ。それでもエネルギーの回復を考慮しているので、一発の威力としては大きいはず。

とはいえ、それでも一発で塔破壊とはいかないが。

よし、武器をケルベロスローターに持ち替えて……って既に使用した分の四分の一も回復している。

ディメンションウェーブ中だけあって敵の殲滅量《せんめつりょう》が多いからだろうな。

これならさっきの二発分ぐらい使っても大丈夫そうだ。

「回復を考慮してエネルギーブレイド使うから護衛頼むな」

「承知したでござる！」

そのままエネルギーを振り込み、俺はもう一度エネルギーブレイドを振りかぶった。

ジジジッと出力のあるエネルギーが黒い塔に切り込みを入れると黒い塔が崩壊していく。くくく、通常の攻撃とは桁が違うのだ。

『よし！　Ｂの５の塔破壊成功！　そのままＡの６に向かう』

『おお、助かるのじゃ』

『早いな』

『いや、早過ぎない？　火力的に無理でしょ』

『無理ではないのじゃ。あの大きな船の人員はスピリットが多い。火力を集中させれば不可能ではないじゃろう』

おお、よくわかっているな。

不遇扱いをされているがスピリットは踏ん張りの必要なイベントと相性が良いんだ。

まあ今回のエネルギーを回復できないときつい種族なんだけどさ。

『なるほど……って毎回この話題出ているだろ』

『ですよねー』

『というか俺よりペックルの方が活躍しているんだが……？　いきなり火力上がったぞ。イベント補正か？』

などという雑談じみた会話になっている。

どうやら毎回の事らしい。もしかすると最近ではスピリットが不遇扱いされる事はないのかもしれない。

このあたりは島生活していた関係で疎《うと》いんだよな。

ペックルの能力上昇はたぶん、俺がサンタ帽子装備で戦場にいる所為《せい》かな。

「そういう訳でAの６に向かうぞ」

「……ん」

「承知でござる！」

「「ペーン！」」

などと言いながら俺達は船に帰還して、移動を再開した。

†

最終的に左から行った紡がAの1の島を潰《つぶ》し、右から行った硝子がAの6の島を潰した。それまでにそんなに時間はかからなかった。

さすがに島で存分にやりこみ、装備も資金も出来る限り投入する俺達の敵ではなかったって事だろう。

波にもみんな慣れてきているみたいだし、最初の波よりも動きが良い。

正直……チョロイと感じてしまう。

『島の崩壊を確認。ボスがそろそろ出るのじゃー！　みんな復帰が出来なくなるから備えるんじゃぞ！』

なんてチャットが全体会話から聞こえてくる。

相変わらず指示が上手いな、このチャット主。

「さーて、ボスはどんなのが出てくるのか」

甲板《かんぱん》からボスがどこから出てくるのか見渡す。

雑魚《ざこ》は相変わらず無限湧きしているから余裕のある範囲でやっている訳だけど……。

『し、Cの3にボス出現――うわああああああああ』

という声がして、その方角に目を向ける。

するとそこには海中から海面にある船に先制攻撃を仕出かしたボスが悠々と空中に飛び出している姿が映る。

……攻撃を受けた船が消えた。どこへ行ったんだ？

「おおー……」

その姿は一種の幻想的な光景に見える。

少なくとも波の背景とボスの姿が上手くマッチして何かのポスターの様にも見えなくもない。自然と撮影モードで撮っていたくらいだ。

「クジラでござるな」

闇影が呟《つぶや》く。

「Moby-Dick or The Whale!」

だからしぇりる、妙に良い発音をするな。

ともあれ、形状は白いクジラ。ただ背中に目というか、宝石っぽい何かが無数に付いている。

宝石鯨《ほうせきくじら》って感じに見えなくもない。名前は次元ノ白鯨《はくげい》。

空中で宝石の部分から無数の光を放って雨の様に攻撃を繰り出しながら海中へと潜っていく。

その様子は、凝ったムービーの様だ。アレを倒せって事なんだろう。

『ボスが出現したのじゃ！　余裕のある者達は挙《こぞ》って攻撃をするのじゃ！』

「「おー！」」

「行く！」

しぇりるがやる気を見せて舵《かじ》を切る。船が素早く移動して次元ノ白鯨へと急接近。

「闇、舵をお願い」

「おわ！　しぇりる殿!?」

闇影に船の舵を任せたしぇりるが船の武装、大砲やバリスタへと近づき、ペックル達に混ざって攻撃を始めた。

そして徐《おもむろ》に、バリスタとも異なる銛《もり》を射出する捕鯨砲に手を掛けて引き金を引く。

捕鯨砲に装填《そうてん》されていた銛が伸びていき、次元ノ白鯨に突き刺さる。

おー……結構、良い感じにダメージ入っているんじゃないか？　ゴリゴリと次元ノ白鯨のＨＰバーが減っていく。

反撃とばかりに次元ノ白鯨が宝石の光線を飛ばしてくる。

「任せろペン！」

攻撃に反応してブレイブペックルが船から飛び出して盾を構えて攻撃を受け止めた。

「俺達も続くぞー！」

「おお！」

他のプレイヤーも次元ノ白鯨《はくげい》目掛けて、各々船の武装で攻撃し、素潜り部隊も飛びついて各々の武器で攻撃を始めた。

俺は相変わらずペックル達と協力してバリスタや大砲で狙撃をしている。

「絆殿、拙者《せっしゃ》も攻撃に行きたいでござる」

闇影が目をキラキラさせている。こういう戦いをするのがゲームの醍醐味《だいごみ》だ。

巨大ボスとの戦いをのんびり見ているなんて嫌だろう。

「はいはい」

しょうがないのでペックルの笛を取り出し、操作を受け持つ。

この船は舵《かじ》での操作も出来るが、笛での操作も出来る。

闇影が舵から手を放し、次元ノ白鯨目掛けて魔法の詠唱を始める。

「ドレインでござる！」

相変わらずだな。

「サークルドレインでござるー！」

で、増援で現れた雑魚《ざこ》の一掃も闇影が行ってくれた。

笛の操作の限界もあって、俺が舵を握り、次元ノ白鯨が放ってくる攻撃を避ける様に操縦する。

結構大変だな……なぜかしぇりるは嬉々《きき》として次元ノ白鯨目掛けて攻撃を繰り返してい

るし……。

というか、雑魚の方を無視して次元ノ白鯨の方しか見てない！

やがて次元ノ白鯨は海中に潜っていく……また海面にある船目掛けて突撃でもしてくるのだろう。

というところで硝子と紡、らるくとてりすが船に戻ってきた。器用にもペックルに捕まってだ。

「ただいま、お兄ちゃん」

「ただいま戻りました。随分と巨大なボスですね」

「おうおう。大物さんのお出ましだぜ」

「そうねーわくわくしちゃうわ」

「さっきからしぇりるが興奮してボスを嬉々として攻撃しているぞ」

「珍しいですね」

ボーっとしている事が多いしぇりるがここまでやる気を見せるのは、確かに珍しい様な気がしなくもない。

そういや前に、エイハブスピアに関して話していたっけ。白鯨とか呟《つぶや》いていたし、何かしら関心がある相手って事なんだろう。

って考えてみればエイハブスピアは次元ノ白鯨に効果が高そうではある。

で、次元ノ白鯨《はくげい》の攻撃に備えていると……ぶくぶくと海面が泡立ち始めた。

「うわ！　これ、進行妨害攻撃だぞ！」

泡の上を航行しようとしてクルクルと回転している船が俺達の近くにいる。

「うわあああ！　俺達の船が、し、沈む！」

小型のボートに関しては耐久の限界を迎えたらしくぶくぶくと沈み始めていた。

「うへぇ……厄介な攻撃してやがんな」

地味に厄介な攻撃してんな。やがて……海中にある影がどんどんと俺達の船目掛けて近づいてくる。

これって登場時にやらかした海面からの突撃じゃないか？

「硝子、舵《かじ》を任せた！　ブレイブペックル！」

「あ、絆さん！」

舵を硝子に任せ俺は船の縁から海中目掛けてブレイブペックルに指示を出す。

「任せろペン！」

ブレイブペックルが俺の指示に従い、海中に飛び込んで船底へと回り込んだ。

そしてガツンと何かがぶつかった音と共に次元ノ白鯨が俺達の船の脇から斜めに飛び出した。

どうやらブレイブペックルにぶつかって進路が変わって飛び出したって事の様だ。

「チャンス」

しぇりるが、俺達の船の近くに着水した次元ノ白鯨目掛けて捕鯨砲を放った直後、船から飛び出して次元ノ白鯨に飛びつき、背中に乗る。

そしてエイハブスピアを振りかざして突き立てた。

「ボマーランサー」

先端が爆発する銛《もり》の一撃に次元ノ白鯨は声を上げる。

おお……なんとも凄《すご》いな。というか、しぇりるが物凄く楽しそう。

まあ、武器が武器だから相性は良いのかもしれない。その理屈だと俺の勇魚《いさな》ノ太刀《たち》も特効になるはずだが……それは倒して解体する際にでも確かめれば良いか。

あんな巨体に飛びついて武器を振りまわすほどの運動神経を俺は持ち合わせていない。

ゲームだからといって、俺のプレイヤースキルは高くはない。

「しぇりる殿、映画の登場人物になりきった様な顔をしているでござるな」

なりきりのスペシャリスト（笑）である闇影が察する。

確かに……何か因縁があるというよりも、戦いたかったモンスターがいて喜んでいるって感じだ。

事、海が関わると硝子や紡並みに動きが良いのがわかる。船とマシンナリーの製造職だから俺と同類だと思っていたのに。

「俺達も行かせてもらうぜ！　はぁあああああ！」

らるくが鎌を大きく振りかぶって次元ノ白鯨《はくげい》への攻撃に参加する。

さて、俺もやる事をやっていこう。狙いを絞ってバリスタや大砲、捕鯨砲を発射させる。もちろん、ペックル達への指揮は俺が担当している。

ただ……なんだろう。

昔、紡や奏姉さんと一緒にプレイしたゲームで似た様な事をした覚えがある気がする。アレは砂の上を走る船だったけど、鯨《くじら》みたいに大きなモンスターを倒した感じだった。なんていうか、アレに似ている。次元ノ白鯨の背中でツルハシとか振るったら何か採掘できそう。

……発想は力だよな。今まで、その発想力で俺達は登ってきた訳だし。

なんて考えている間次元ノ白鯨は大人しくしているはずもなく、割と過激に突撃や複数ある宝石の部分から熱線を放ったり津波を起こしたりと、多岐にわたる攻撃を仕掛けてくる。

俺達の船の機動力は波に参加している船の中で最も良いもので、次元ノ白鯨の攻撃をその機動力とブレイブペックルの強固な守りで抑え込んでいる。

しかもバリスタ等の装備は潤沢《じゅんたく》、投網や機雷《きらい》まで用意してある分、しぇりるが用意した品々が大いに役立っている。

「しぇりるさん楽しそうですね」

「だなー」

次元ノ白鯨の上に引っついて『エイハーブ！　モビーディーック！』って叫びながら技を放ちまくっている。

「しぇりる殿は白鯨のエイハブ船長になりきっているのでござるな。大元《おおもと》は小説でござるよ。拙者《せっしゃ》、読んだ覚えがあるでござる」

「確かエイハブって白鯨に負けた人物だとかしぇりるが言っていたな」

「てりすも聞いた事ある。前に見た洋画にあったー」

「そうでござるな……語り手が唯一の生存者で、他の船員は全員死んだと言っても間違いは無いでござる」

改めて聞くと縁起の悪い武器って意味がわかるな。

捕鯨に興味があったのか、好きな物語だったから実際に挑めてやる気を見せているのか。

たぶん、後者だろう。まさかしぇりるはその血縁者って訳ではあるまい。

血縁者だとしたら外国人だろうし、あんなに嬉々《きき》として戦ったりしないだろう。

後に本人から直接聞いたところだと、好きな物語だったからだとか言っていた。

「ちなみに映画だとエイハブ船長が勝ったハッピーエンドのバリエーションもあるでござる」

「へー」

「闇影ちゃん詳しーい！　いろんな種類網羅してるってしぇりるちゃんと同じくマニア？」

闇影がどうしてそんなに詳しいのか俺も気になる。

「飛行機に乗っている時に見たのを覚えていただけでござるよ。その後、ついでに本も見たのでござる」

そう何度も見るような作品か？　俺もすぐには出てこなかったんだが……闇影の知識範囲がよくわからん。

というか、こんなに雑談していられるのは、出てくるモンスターや攻撃に対して余裕があるからにほかならない。

闇影のサークルドレインとてりすの魔法で次元ノサハギンとかの雑魚《ざこ》が余裕で沈んでいく。

「紅天大車輪《くてんだいしゃりん》！」

紡とらるくがしぇりるに続いて次元ノ白鯨《はくげい》に飛び乗り、技を放ち始める。

結構良い感じにダメージは入っているんじゃないか？

「拙者《せっしゃ》も行くでござるよー！　雷遁《らいとん》……バーストサンダーレインでござる！」

「てりすも行くわよー！」

闇影とてりすがそこそこ長い詠唱をしながら次元ノ白鯨目掛けて魔法を放つ。てりすが何度も唱えていた魔法だから見慣れたけど雷を落とす魔法か……結構、広範囲で威力も高い。

ゲームだと古くから水棲《すいせい》系のモンスターには雷系の攻撃はよく通るという法則がある。次元ノ白鯨もそれに準じているのか、二人の攻撃を受けてガクッとＨＰゲージを減らした。

「やったね闇影ちゃん。てりすたちがＭＶＰ取れるかもよ」

「負けないでござるよ」

「それはこっちの台詞《せりふ》！」

もちろんバリスタや大砲、捕鯨砲での攻撃も十分に威力がある。

ところで闇影はいつから雷属性の魔法も使える様になったんだろうか？　てりすの真似《まね》しているのか？

まあ俺達の狩り場は海ばかりだから相性は良いし、それを想定した結果なのかもしれないが。

『すげー……あの島主パーティーの独壇場じゃねえか』

『俺達の出る幕あるのか？』

『チートって訳じゃねえんだよな？』

『話によると、一ヵ月以上開拓を強要されて、装備もレベルも潤沢《じゅんたく》らしい。金のかかるバリスタや大砲を雨みたいにぶちかましているだろ』

『ああ、税金なんだっけ』

『俺達の納めた税はしっかり使われている訳だ』

『どっかの政治家とは雲泥《うんでい》の差だ』

『けど、貢献してもお前らには分配されないぞ？』

『これが裏金……だと……？』

なんかオープンチャットがうるさいな……そこはゲームシステムだろ。

本気で言っている雰囲気じゃないけどさ。

『皆の者！　攻撃は苛烈《かれつ》じゃが、倒せないほどの相手ではない。一気に畳みかけるのじゃ！』

「――――!?」

次元ノ白鯨《はくげい》が声にならない叫びを上げる。

そりゃあ無数の船舶から人が飛び出して、飛びかかり、攻撃してくる訳だしな。

更に言えば、バリスタや大砲、捕鯨砲を資金？　何それ？　みたいにぶちかましていたらその膨大なHPだって速攻で減っていく。

今の俺達がそれだけ強く、金銭面で余裕だって事の証《あかし》か。

「ペックル達！　全てを撃ち尽くす勢いでやれ！」

「『ペーン！』」

しかも俺達は少数でもペックルのお陰で水増ししている。

攻撃の手数で負けているつもりはない……やがて次元ノ白鯨は大きく海中へと潜っていく。

次の攻撃動作に入るのか？　ブレイブペックルで防御をする体勢を俺は取らせる。

しぇりると紡、らるくは……次元ノ白鯨の背中に引っついたまま……潜っていった。

……大丈夫か？

「さて、次の攻撃が来るぞ」

ヘイトは俺達が集めている。また俺達の船目掛けて突撃してくるだろう。

なんて思いつつ、海面を睨《にら》みつける。

…………………………………………………………………………………………………来ない。

ボコボコと泡は定期的に上がってくるんだけど、一向に下から突撃してくる気配が無い。

「皆さん大丈夫でしょうか？」

硝子が舵《かじ》を取りながら俺に声を掛ける。

『あー……皆の者！　次元ノ白鯨が海中に潜り、別の戦闘フィールドに移動したそうじゃ。そこは海中で縦横無尽に泳ぎまわって背中に引っついていたプレイヤーを振るい落として攻撃を始めているとの話じゃ。しかも徐々にHPが回復していると報告が来ておるぞ』

「「「何ー⁉」」」

周りの船中から悪態じみた言葉が聞こえてくる。

なんだよそれ！　超面倒くさい仕様だな！　俺達の与えたダメージが無駄になるのか？

さすがにそれはやっていられない。

ゲーム的になんとかする方法がありそうだが、すぐには思いつかないな。

『ん？　ふむふむ……どうやら最初に突撃を喰《く》らったパーティーは次元ノ白鯨《はくげい》の体内で戦闘しているそうじゃ。他にも海中で捕食攻撃に巻き込まれるとそっちに飛ばされるそうじゃな』

……食われた？

まあ、鯨《くじら》の体内が空洞、みたいなファンタジーはあるよな。

「わーそっちのイベント面白そう。らるく巻き込まれてたり……さすがにしてないみたいで悔しがってる。チャット来た」

ここでもらるく達はイベント探しで楽しんでいるんだなー鯨の体内に入って暴れる展開とか、ゲームではよくあるギミックだ。

「そっちの連中が活躍すればまた浮上するとかじゃね？」

「そうじゃなきゃＨＰ回復なんて阻止《そし》できないだろ」

「陽動って事か……初発の攻撃受けた奴、運良いな」

「二度目の攻撃を阻止した島主チーム。折角《せっかく》の攻撃の機会失ってやんの」

うるせー！　そんな敵の攻撃動作をわかりきっている訳じゃないから守らせるに決まってんだろ。

てりすも俺を指差してんじゃねえ。

『かといって、別働隊が任務を達成するのを待っていたら回復されきってしまう。泳ぎの技能を所持している者達は挙《こぞ》って潜って戦ってほしいのじゃ』

「別フィールド……海中に潜れば行けるのでござるか？　拙者《せっしゃ》、泳ぎの技能は覚えていないでござる」

「島の開拓を少しは手伝ったというのに、持っていないとか」

「私も持っていません……」

「ぷは……お兄ちゃーん、泳ぎの技能をほとんど習得してないからまともに動けずに戻ってきちゃったよーらるくさんは海で遊んでたから持ってるみたいだけど」

紡が海面に顔を出して手を振っている。

嘘吐《うそつ》け！　泳げなかったら前の闇影みたいに溺れるだろ！

紡も自由に動けるように少しは取っているじゃないか。

「てりすは潜っていくか？」

「そうねーらるくも行ってるし手伝いに行こうかしら？　どうしようかしらね」

「こんな事もあろうかと、ロミナさんが潜水装備を用意はしてくれていますが……」

ロミナが用意してくれた品……その名もペックル着ぐるみ♪

自然とその場のみんなが考えを放棄する。

あんなもんを着たら周りの連中になんて言われると思ってんだ。

「紡、息は続くのか？」

「えっとね。次元ノ白鯨《はくげい》が別フィールドからこっちに攻撃する時に使っている大きな泡を潜《くぐ》ると息が続くよ」

敵の攻撃を利用して泳ぎ続けながら攻撃か……一応専用ギミックは準備されているみたいだな。

さながらアクションRPGのボス戦みたいな感じだ。

「とりあえず……」

俺は次元ノ白鯨をターゲット登録してペックル達に攻撃を指示する。

「「行くペン！」」

「おー！」

ペックル達とブレイブペックルが次元ノ白鯨目掛けて船からゾロゾロと海へ向かって突

撃していく。

これである程度はどうにかなるだろう。

現にペックル達を行かせたところ、ＨＰゲージの回復の伸びは少しだけ弱まった。

しぇりるも活躍していると見て良い。

「投網や機雷《きらい》を落としまくればそこそこ効果ありそうだ」

「では泳ぎがそこまで得意ではない人は投網と機雷の投下をしましょう」

「絆殿は？　確か素潜りが出来るはずでござる」

「俺に期待してどうすんだ。自慢じゃないが運動神経は悪いぞ」

「絆ちゃん誇らしげに言っても格好付かないわよ」

「お兄ちゃんはねー……そのあたりどんくさいもんね」

「やかましいわ。運動が出来るならゲーマーやってねぇよ」

『確かに』

『わかる』

いや、お前らには言ってない。というか、何会話聞いてんだよ。

「でも習得しているなら拙者《せっしゃ》達よりも動けるはずでござる！」

「行った早々白鯨の腹の中に行きそうだな。ペックルもろとも体内で大暴れさせるのか？」

俺が行っても戦力になれる自信は無い。むしろ遠くからペックルに指示を出す方が正しいだろ。

島主補正でペックルの能力を引き上げている訳だし……となると途端にやる事が無くなるな。

舵《かじ》は硝子と紡が兼任してくれているし、雑魚《ざこ》の掃除は闇影、投網と機雷《きらい》投下は残ったペックルにさせている。

う～ん……お！　良い事を思いついた。

「闇影……俺、名案を閃《ひらめ》いちまった」

「おお、打開策でござるか？」

「いや……そうじゃない」

「じゃあ何を閃いたのでござる？」

……うん。ここは波発生時限定のフィールド。俺は釣り人だ。

そして目の前には海。やる事は一つ。

俺は釣竿《つりざお》を取り出してルアーを振りまわす。ここでは何が釣れるかな？

「絆ちゃん。徹底してるわねーてりすもそのぶれないスタイル、嫌いじゃないわー」

「き、絆殿がこんな状況で悪い発作を起こしたでござるー！」

ポチャンと海面にルアーは落ちていった。

「こら闇影！　人聞きの悪い事を言うな！　こんな状況だからこそ、釣れるレアな魚があるかもしれないだろ」

「絆さん……さすがにそれは擁護《ようご》のしようがありませんよ……」

「そう？　てりすは良いと思うわよーやらずに後悔するよりやって後悔すべきじゃない？　この瞬間だけの隠しイベントがあったら嫌だし」

「てりすさん。絆さんが増長するので同意しないでください」

「泳げないなら体内フィールドの方へ行ってくれれば良いだろ！　船の方は俺に任せろ」

「確かに一理ありますけど……せめて戦ってください」

「硝子があの着ぐるみを着たら考える！」

「……それは本当ですか？」

「わー硝子ちゃん捨て身ー」

え？　マジ？　さすがにやらないだろうと思って言ったんだが……。

く……確かに波で戦うのは楽しいから参加しているけど、俺の本来の役目はみんなに美味しい魚を釣りあげ、解体で刺身とかの料理を提供するのが仕事なんだ。

言わば半生産職。そんな俺に硝子は戦えと言うのか！

「私も同行しますから戦える場所に行きましょう。ペックルにお願いすれば回避の手伝いをしてくれるはずです」

やらねばならないのか？　社会という巨大な波を前に自分を曲げる時が来たのか……。

「そうだ！　巨大ペックル！　サブマリンモード！」

「絆殿がとんでもない事を言い始めたでござる。そんな機能があるのでござるか？」

「ペン？」

巨大ペックルが首を傾《かし》げている。今までまともに反応しなかったのに、どんなＡＩだ。

「お兄ちゃん、ノリでとんでもない事を言うね」

「あれば良いのか悪いのか……」

「ちょっとてりす期待しちゃった」

「魔法の膜とか展開して船を守ってくれるなら良いけど、ただ潜るだけだったら船が壊れてそう」

「アイデアは良いと思いますよ。絆さんらしいです」

さすがにそこまでペックルは万能じゃないか。

なんて誤魔化しながら海面に二度目のキャスティング。

「良いから絆さん、釣りを止めてくだ――」

硝子が俺を注意しようとしたその時！　ガクンと今までに無いくらい竿《さお》がしなった。

なんだ⁉　この手ごたえ⁉　大鯰《おおなまず》の比じゃないほどの力を感じるぞ⁉

十五話　ディメンションウェーブ第三波　討伐

シークレットウェーブクエスト発生！

クエスト名『次元ノ白鯨《はくげい》を釣りあげろ！』


俺はリールを巻き取りながら眉を寄せる。

船が引っ張られて斜めに寄っている。原因は俺だ。

「な、なんでござるか⁉　絆殿！」

「紡！　舵《かじ》をしっかり持って運転しろ！」

「絆さん！　一体何を引っかけたんですか⁉」

「どうやら次元ノ白鯨が引っかかっているらしい……」

「イエーイ！　絆ちゃんの勘が大当たりー！　らるくじゃなくて、こっち見てて良かったー！」

てりすがハイテンションで俺を応援している。それもどうなんだと思ったけど、期待されていたんだから応えなきゃな！

「はい？　あの絆さんのルアーと垂《た》らした糸で、深い所にいる次元ノ白鯨《はくげい》に？」

「どう見てもおかしいでござる！」

「気持ちはわかるが気にするな！」

ゲームではありがちな現象だ。

モンスターをハンティングするゲームに登場する、カエルを餌にするとデカイ足の付いた魚が釣れたりするもんな。

「これだけ引っ張られるって事は嘘《うそ》じゃないんじゃない？　確か巨大イカを釣った時も引っ張られていたし」

紡が若干楽しげに舵《かじ》を強く持って言い切る。しかしなんだこの引き⁉

『おい、島主パーティーが何かやってんぞ？』

『釣り？　こんな時に、何考えてんだアイツ』

うるせーー！　こっちは釣りがしたくてゲームに参加してんだよ！　波発生中のフィールド限定で良い魚が釣れるかもしれないだろ。

何事も実験だ！　その結果、シークレットウェーブクエストなんて出てんだから。

とか言い訳しても、信じなさそう。今は結果を出すしかない！

「うおおおお！　俺の釣り経験を舐《な》めるなよぉおおおお」

今までの釣り経験、竿《さお》の性能、モーターリールの力……そして振り込んだ技能と熟練度……その全てを総動員して釣りあげてくれるわぁあああああああああ！

モーターリールにこれでもかとエネルギーを振り込みながら思い切り引きあげる。

すると魚影が徐々に大きくなっていき、俺達が格闘していた相手が何者であるのか正体が現れてきた。周りで嘲《あざけ》りながら雑魚《ざこ》と戦っていた連中が口を開ける。

「いっけぇえええええ！　絆ちゃーん！」

グッとてりすが拳《こぶし》を突き出して応援してくれた。ノリの良さは紡以上かもしれない。

「一本釣りだぁああああああああああ！」

ついでにスキルをぶちかましてトドメとばかりに竿を振り上げた。

そして……ザバァッと音を立てて、次元ノ白鯨が海面から釣りあげられる。

「「何ィイイイイイイイイイイイイイイ⁉」」

巨大な水柱を上げながら次元ノ白鯨は海面に叩《たた》きつけられ、目を回しているエフェクトを出しながら腹を見せる。

少しばかり遅れてしぇりる達が海面に顔を出した。

『い、今きた情報を報告するのじゃ。海中で暴れまわっていた次元ノ白鯨が突如顔を海底に向けたかと思うと凄《すご》い速度で海面に引っ張られていったそうじゃ』

「ボスが釣られた」

「釣ってた」

「島主パーティーが釣ってた」

「おかしい」

『何？　島主パーティーが釣りをしていた？　それに引き寄せられて釣りあげられた？』

唖然《あぜん》とした空気が辺りを漂う。俺は船首に立ち、ドヤ顔をしてみせた。

「自慢げな絆ちゃん可愛い」

「紡ちゃんの妹って話は本当だ。あの誇らしげな態度は間違いない」

なんでここで紡が話題に出てくるんだよ。そんなに似ているのか！　というか俺が兄だ！

「てりすー何が起こったんだよ」

「絆ちゃんがぐいーっと釣りあげてたのよ！　いい瞬間見ちゃった！」

キャッキャとてりすが脱力気味で船に上がってきたらるくに答えている。

『と、ともかく！　今が攻撃のチャンスじゃ！』

指揮をしている人の声に、ハッと我に返った連中が攻撃を再開した。

気絶している所為《せい》か、次元ノ白鯨《はくげい》の奴……攻撃の効きがとてもいい。

一気に回復した分を超えて、大ダメージをみんなで与える事に成功。

やがて意識が戻った次元ノ白鯨は動きまわって攻撃を再開、海面でしばらく同様の攻撃を繰り返したかと思うと、また潜っていく。

ＨＰが一定以下になると海中に潜るスタイルだな。

今度は潜る連中の他に釣竿《つりざお》を垂《た》らすプレイヤーが現れた。

「なんだよこれ……こんなの無理だろ」

が、ブツンとすぐに糸が切られて悔しがっている。俺以外にも釣り人がいた事に素直な喜びを覚える。

今度、声でも掛けようかな。

「絆殿が仲間を見つけた目をしているでござる！」

「釣り仲間がそんなに欲しいんですか⁉」

「欲しいに決まっているじゃないか！　今度あのプレイヤー達と一緒に一ヵ月くらい地底湖で釣りをするんだ……」

こう、釣り祭り的な意味で。

「誰得でござるか！」

もちろん俺得だ。ちなみに後の話だけど断られた。

しかも『推しの絆ちゃんの誘いだけど勘弁して』とまで言われたぞ。推しって俺を愛《め》でるな。

ただ、俺の釣りスタイルはそこから噂《うわさ》になって次元ノ白鯨を釣りあげるのに足る努力をしているのだと納得された。

っと、また俺の釣竿《つりざお》に引っかかった！

またも俺は次元ノ白鯨《はくげい》を釣りあげ、絶好の攻撃チャンスが到来する。

これだけ攻撃のチャンスとパターンを組めたので後は半《なか》ば作業化するのにそこまで時間はかからなかった。

三回目に釣りあげた頃には次元ノ白鯨のＨＰはゼロになり……。

「────!?」

声にならない叫びを上げながら次元ノ白鯨は絶命した。

白い閃光《せんこう》が辺りを通り抜け晴れやかな空と白い雲……最初の波を経験した時と同じ事が起こっていた。

どうやら波はこれにて終了のようだ。キラキラと海が輝いている。

おや？　次元ノ白鯨の近くでドボンと良い音と共に派手な水しぶきが立ち、そこには船が一隻《いっせき》。

「いってー……ここは？　アレ、体内バトルをしていたんだが……」

「あと少しで心臓に届くはずだったんだが……」

首を傾《かし》げている。たぶん、お前らの方が正攻法だったんだろうな。

急所を攻撃すると背中の穴から噴出されて前線に復帰とかする感じで。

「ウィナー！」

しぇりるがエイハブスピアを船首で掲げて勝利の声を上げている。

「「よ、よっしゃー！」」

若干たじろいだ声が聞こえてきたぞ。

「おつー」

「おつかれー」

「お疲れ様ー」

「乙」

「おつカレー」


――ディメンションウェーブ第三波討伐！


システムウィンドウが表示されて、そう書かれている。

「ふー……勝った勝ったー今回は結構良い成績出せるんじゃないか？」

「ですね」

「拙者《せっしゃ》達の無双だったでござる」

「当然の事……」

「やったね！」

「絆の嬢ちゃんに良いところ持って行かれちまったけど楽しかったぜ」

「面白かったわー」

みんなでポーズを取った後、リザルト画面を確認する。

お？　おお？　おおおおおおお？

まずは疑問の解決から入ろう。

「なんでここまでの数字が出ているんだ？　単純に雑魚《ざこ》の駆逐《くちく》とかボスへのダメージの貢献は闇影やしぇりるほどは無いはずだが……」

「ペックルに攻撃させるのも絆さんの成績に加算されるって事なんじゃないでしょうか？」

「なるほど」

そう、与ダメージの順位で俺はなんと！　1位を獲得していたのだ。

何かしらのバグが起こっていたとか言われたら俺自身も嫌だったので、納得の理由が欲しかった。

なるほどなるほど、ペックル達は俺の手足の様に動いて、無数の攻撃をしてくれていたもんな。

「よっしゃー！」

おそらく俺の人生の中でもっとも輝かしい活躍をした瞬間ではないだろうか？

撮影モードでリザルト画面を何度も撮影した。

「おお！　絆殿！　凄《すご》いでござるな！」

「お兄ちゃん。他の項目も確認した方が良いよ。ここにも名前が載ってる」

「すげーな絆の嬢ちゃん。大活躍だぜ」

「ここまで成績を引き離されると清々しいわー」

「受ダメージキングにはなっていないからな！」

「何時《いつ》の事を引きずっているでござるか」

「そもそも、私達の名前が大抵の部分に載っていますよ」

「そう……」

確かに、俺達の名前は良い意味で載る項目の大半に記載されていた。

そして輝かしい事に、今回の波までの総合で俺は1位を獲得したのが判明している。

良いな……今までこういった順位があるゲームで1位なんてほとんど取った事が無い。

まあ、二度目の波を強制不参加させられた分のツケを返してもらった気がする。

とりあえず俺が取った1位は五つ。

総合順位
合計与ダメージ
生活

物資支援
種族

この五つだ。総合は言うまでもない。良い意味での順位での1位だろう。

所持金等は生活にカテゴライズされると見た。

合計与ダメージは先ほどのやり取りだろう。ペックル達のお陰だ。

次点はしぇりると硝子、らるくとてりす、そして闇影と紡だ。

まあ、島で他のプレイヤーよりも早くやりこみをしていたのだから自然と火力が出たのは言うまでもない。らるくやてりすは後から来たけど色々と装備とかを優遇した影響だろう。

雑魚《ざこ》はほぼ一撃で仕留めていた訳だし。次に生活だが……硝子やしぇりる、ロミナやアルトがベスト10以内にランクインしている。

波までの間にどれだけ生活をしたかに関わるのだとは思うのだが……まあ、島の開拓なんてやっていたら間違いなく増える項目か。

釣りとかもここに関わる……普段の俺が狙う順位欄だ。

闇影が名前に入っていないのは最後に呼んだからだろう。

物資支援はもちろん、アルトやロミナが名前に入っている。

俺が1位なのはカルミラを解放してプレイヤーの拠点を確保したから……だな。

カルミラに来たプレイヤー全員に支援をしている様なものだから評価に入ったのだろう。

しかも次元ノ白鯨《はくげい》を釣りあげるなんてのも間違いなく支援に入ると思われる。

もちろん種族順位も俺は1位だぞ。この全てで1位を取ったお陰で総合1位になったのは間違いない。

ともかく、これでダメージキングなんて不名誉な称号は完全に消す事が出来ただろう。

「ペックルマスターの無双で終わったか」

「そりゃあ……あんだけ乱射すればな」

「今回だけで何セリン使ったんだ？」

「アレだけやりゃあ誰でも1位取れるだろ」

まあな。俺もそう思う。しかし、外野の声は気にしない。

というかペックルマスターって俺の渾名《あだな》か？

「ペックルマスターだな。絆の嬢ちゃん」

「新称号ね。釣りマスターって呼ばれるようになったら良いわね」

く……新たな不名誉な称号が付いてしまったじゃないか。てりすの言う通りの渾名が欲しいぜ。

十六話　新天地を目指して

波を乗り越えたんだからアップデート項目の確認だ。

うーん……追加スキルやシークレットスキルの解放とか書かれているなぁ。

もちろん、アイテムの実装。

機械類の販売、付与、精錬等生産系の大幅拡張、レシピの拡張とかかなり項目が多くて全部を読んでいたらキリが無さそう。

大幅拡張ってなんだろ？　後でどう変わったのかロミナに聞かなきゃな。

戦闘に関わる要素だと、連携技の追加があるみたいだ。

仲間と一緒にスキルや魔法を放つと混ざって発動させられる様になる……か。

上手く使えば強そうだ。他に種族の能力拡張もあるみたいだ。

亜人系のキャラクターは一定のレベルを超えた後にクエストを行うと獣化が出来るようになるみたいな感じで出来る事が増える。

スピリットはー……倒したモンスターの魂を集めて力に出来る？

ちょっとわかりづらいな。これは検証しないといけないだろう。

後は……お？　カルミラのインスタンスダンジョンが拡張と書かれている。

おそらく最下層にあった扉が開く様になったんだろう。

「後はお楽しみのボーナスアイテムの支給ー」

今回、俺の総合順位は1位だから良い物が支給されるはず！

報酬を受け取るをチェック！

やはりスロットが回る！　釣竿《つりざお》と魚があった！　これに当たれ！

アタレ！　アタレ！　1位補正で任意のやつにアタレ！

なんて祈る様にスロットを見ていると魚で揃《そろ》ったかのように見えて……またずれて双剣みたいな項目に変わる。

フェイントやめろ！　もう驚かねえよ！

なんてガックリしていると＋という四つ目のリールが出現して魚のマスで止まる。


——高密度強化エネルギーブレイドアタッチメント獲得。


またこれか！　で、魚の項目は何なんだ？

なんて思っているとブレイブペックルが俺の服の裾《すそ》を摘《つ》まむ。

「ん？」

「がんばった島主への報酬ペン」

そう言って盾の裏から凄《すご》いピカピカ光る成り金っぽいルアーを俺に手渡す。

お前が渡すのかよ。受け取るとルアーは光となって消えた。


シークレットスキル『フィーバールアー』を取得しました!


カモンペックルみたいな追加スキルをまたも取得したって事か?

後でどんな効果があるのか検証しなきゃな。

「またブレイブペックルに何かもらったの絆ちゃん? 良いなーブレイブペックルちゃん
……良いアクセサリーも作れて、名工って感じでー」

てりすが羨《うらや》ましがっているけど、残念ながら貸し出し出来ないんだよな。

「ブレイブペックルちゃん。名工ちゃんって呼んじゃおうかしらねー」

「後はカルミラの釣り糸を持っているあなたにこれもあげるペン」

と、ブレイブペックルは重りを渡してきた。

カルミラの中通し重り　エピック
武器系統　釣り具・アクセサリー

装備条件　フィッシングマスタリーⅨ以上
アタリ判定拡大（中）　糸の絡まり阻止《そし》（中）　ルアー性能強化（中）
シナジー　カルミラの釣り糸
シナジー効果　ＨＰ吸収（中）
カルミラの原住民の勇者が腕によりをかけて作りだした至高の一品。
釣り糸に仕掛ける事で糸の絡まりを阻止できる。更にルアーの性能を引きあげる力が宿る。
釣った魚によって成長する可能性を持つ。

中通し重りというのはルアー釣りでも使える糸に通す重りの事だ。

これで三つ目のエピッククラスの釣り具だぞ……クエストから始まった特殊な釣り具がどんどん増えていくけど……今回はルアー釣り用のアイテムだな。

ルアーはよく使うから良いけど……シナジー効果がＨＰ吸収って、釣竿《つりざお》で戦う事を想定した効果をしているのはどうなんだ？

まあ……自然に使えるって事で良いか。釣竿を使う事で回復が狙えるって割り切ろう。

「絆ちゃん本当、いろんな珍しい釣り具集めてきちゃってるわね」

「てりす達のお陰だよ」

「てりすも真似《まね》して釣りを覚えようかと思ったけど……絆ちゃんの話だけでお腹いっぱいだからやめとこー細工とか出来るようになったみたいだし、何か隠しクエストあるかもしれないからそっちで探してみる」

まあ釣りだけがこのゲームじゃないだろうしな。らるく達はクエスト探しがプレイスタイルみたいだし、何か趣味的なもので隠しクエストが見つかるかもしれない。

さて、エネルギーブレイドのチェックもしないとな。前に支給された高密度強化エネルギーブレイドアタッチメントを出してみる。

もう一本のエネルギーブレイドか？

所持していたエネルギーブレイドにある端子とくっつきそうなので合わせてみる。

やはりカチっと音がして引っついた。

む⁉ 何かエネルギーブレイドに光の線が走って小型化した。

試作型可変機能付きエネルギーブレイドⅣ獲得

可変機能？ エネルギーブレイドを握って項目を確認する。

すると剣、槍《やり》、弓、杖《つえ》と、いろんな武器アイコンが出てくる。扇《おうぎ》もあるな。

ただ……釣竿《つりざお》は無さそうだ。解体武器も無い。

微妙に俺が使う物に被《かぶ》らないなぁ……せいぜい弓かな？

使いやすくはなるか、いざって時に硝子や闇影に使ってもらうのが良さそうだ。

「みんなイイ感じの順位だったね」

「絆さん。報酬は……」

エネルギーブレイドを硝子に見せる。

「またそれなんですか？」

「ああ、スピリットにはそこそこの確率で出る武器らしいね。微妙に使いづらいからアイテム欄の肥やしにしている人も多いそうだよ」

「だろうね」

実際、使いづらいしな。一振りするごとにエネルギーが減っていく訳だし。

「後は、てりすが見張っていて先に話したけど、ブレイブペックルからルアーと重りをもらった」

「島主ボーナスってやつだね。お兄ちゃんからしたらそっちの方が嬉《うれ》しいんじゃない？」

「間違いないでござる」

みんな俺の事わかってるじゃないか……確かにこっちの方が嬉しい。

さてと……恒例の奏姉さんの戦績は……。

総合順位89位、奏†エクシード。

前回よりも落ちている。おかしいな。

奏姉さんならばそろそろ頭角を現しても良い時期じゃないか？

あ、他にも名前を見られる所を発見。散財順位にも名前が載っている。

こっちは54位だ。

こんな項目があるという事は俺の名前も……無いな。

アルトやロミナ、しぇりるも無い。それなりに金を使ったイメージがあるんだけどな。

バリスタとか撃ちまくったし……どういう基準なんだ？

後は……次元ノ白鯨《はくげい》にプレイヤーの船が群がっている。

「うわ！　硬い……しかも全然切れないし、切りづらいぞ！」

「く……これ以上は取れないか！」

次元ノ白鯨の上に乗って解体をしている様に見える。

「ＭＶＰが島主チームだろ？　しょうがねえよ」

なんか俺達の方に注目が集まっている。解体の情報が広まっているってのは本当なんだな。

じゃあ隠れて解体する必要は無いか。

「そんな訳でさっそく解体もさせてもらうとするか」

勇魚《いさな》ノ太刀《たち》を出して次元ノ白鯨に飛び乗り、解体するために刃を立てる。

勇魚ノ太刀なんてまさしく次元ノ白鯨を解体するために作られた様な解体刀だよな！

アッサリと肉に刃が沈んでいく……これ、硬いか？

これは解体の熟練度や技能が高くないと出来ないって事だろ。

少し技能が足りない気がしたので、解体に振り込んでいく。

おや？　捌《さば》き方の道筋に点線が付いて見えるようになったぞ。

高速解体等を駆使して切り分け、サクサクとアイテム欄にぶちこんでいく。

鯨《くじら》の捌き方なんてよくわからないけど、魚と同じ感じで切っても問題は無さそうだ。

ただ、油が滅茶苦茶取れるな。

「島主何者だよ。釣りに解体も出来るとか」

どっちかと言うとそっちが本職だよ！　魚を捌くのが解体に繋《つな》がってんの！

とはいえ……この解体作業って結構グロい気がする。血は出ないし、臓物は水晶っぽい感じに変わってるけどさ。

コツを掴《つか》めば何でも出来るようになる。そんなこんなで解体完了。

捌ききったら半透明の次元ノ白鯨が出来上がった。

素材はかなり採れた。後でロミナに何が出来るか聞いてみよう。

「なあ……捌《さば》いたら次元ノ白鯨《はくげい》が半透明になって見えるんだが、アレはなんだ？」

「ボスクラスは解体した人以外でも貢献した人の物として解体できるようになっているそうでござる」

「前のイベントで解体が広まっていて、みんなしてたな」

「ちゃんと分配できるシステムみたいよー」

ああ、分け前はしっかりと分散される訳ね。前回のケルベロスの場合は解体する人が少なくて残っていたって感じだったんだろう。

という訳で俺達は急いで解体を終えてカルミラに帰還した。

後で素材類を確認していたところ、素材以外でのドロップ品もあった。

ネメシススーツとかいう、かなり強力なダイバースーツだ。まだ俺には装備できそうにないし、付与効果に素潜りの補正が掛かるみたいだったからしぇりるに支給する事にした。

他、復讐の船首像。船の速度を上げる効果のある品だ。後は武器だな。

復讐の神の剣なんて使い道がわからないのでロミナに分解してもらって別の武器にしてもらう事にした。

次元ノ白鯨素材で何が作れるかな？

ドロップ品とほぼ同じ物が作れそうだけど。

そうしてカルミラの城……俺達のギルドへと戻り、祝杯をあげた。

「完勝でござったな！」

「イイ感じだったね！」

「ええ、今回ばかりは非の打ち所も無いほどの勝利だったかと思います。かといって驕《おご》ることなく、次も同じ様に勝っていきましょう」

「ふふふふ……資金は潤沢《じゅんたく》。この金をどう転がして更なる富を得るのか、考えるだけでぞくぞくするね」

「アルトくん、もう少し落ちつきたまえよ。アップデートによるアイテム作成の幅も広がってきたし、これからどう転がっていくか、刺激に満ちた生活が見えてくるね」

俺はいい加減、第二都市の川で主《ぬし》を釣りたいな。なんて思いながらカルミラ島が見渡せる展望台から辺りを見る。

思えば長い道のりだった。絶好調だとも言える。

しぇりるがエイハブスピアを背負って遠い海を凝視しているのを見つけた。

「波が終わって、次の波が来るまでに何をするか……か」

「そう……」

「しぇりる、お前は何をしたいんだ？」

俺はわかりきった質問をしぇりるにぶつける。しぇりるは迷う事なく海を指差す。

「この先に何があるのかを確かめたい。そのための準備も万端」

「そうだな、また漂流するかもしれないが、こんな結果になるのならどんどん挑戦すべきだよな」

「私は出来れば避けたいところですが……元々効率の良い狩り場を探して未開の地へ行こうとしていたのですものね」

「島のダンジョンが拡張したらしいが、それはやりこみ組の連中が挑むところだろ」

俺達がすべき事は別にある。初心を忘れちゃいけない。

冒険心は失っちゃいけないよな。

半《なか》ば作業の様にモンスターを倒して強さを自慢する様な連中に、俺達はなり果てたくはない。

というか、そういう目的でこのゲームをプレイしている訳じゃないしな。

「硝子や闇影、紡は自由にしても良いんだぞ？　俺だって釣りをするのが目的だし」

未知の魚を釣りたい。そのために俺は新大陸を目指している訳だし、知らない場所なら既存の狩り場でも行くべきだと思っている。

そういった意味では人が減った第二都市近隣の狩り場を巡るのも悪くはない。

幸いカルミラに帰るのは簡単なんだから。

「絆の嬢ちゃん達と一緒にいたら未知のクエストを見つける事が出来そうだな」

「そうね。絆ちゃん達、てりす達も混ぜてもらって良いかしら？」

「良いですよ。らるくさん達には色々と良くしてもらっていますし」

「おうサンキュー。これからよろしくな！　とはいってても場合によっては付き合えない時もあるけどよ」

「平気平気、何だかんだみんな好き勝手やってるから」

「エンジョイでプレイする方がガッチガチに戦うより良いって最近わかったわね。らるく」

「ああ、絆の嬢ちゃん達を参考に色々と戦い以外もやっていこうぜ！」

「よし、じゃあ明日は新天地を目指して行動してみるか。何かあったら帰れば良いんだし」

「ＯＫ」

帰還アイテムもあるしな。まあ前回と同じく脱出不可、なんて可能性も高いけどさ。

「……わかりました。絆さん達らしいですね。ある意味、島を開拓したがったペックルと変わりませんね」

「アイツらと一緒にするなよ」

「ふふふふ……僕は島に残らせてもらうよ。プレイヤー達から金銭を搾《しぼ》り取らねばならないからね」

アルトは島の管理をする気満々みたいだ。

まあ、良いか。

「足元見るなよ」

「ははは、そんな真似《まね》をするほど困ってはいないよ。交易など面白い項目があるから試すだけさ」

なんか引っかかるな。ロミナが肩を軽く上げて、説明をする感じで言う。

「私も島に残ってみんなの装備品を作っているよ。幸い鍛冶《かじ》仲間も移住してきているし、出来る事が増えているからね。色々とチャレンジする毎日になりそうだ」

「今度も拙者《せっしゃ》を置いていっては嫌でござるよ」

闇影もついてくる気だし、紡もそれは変わらない。

「決まったな」

こうして俺達は戦勝会もそこそこにしぇりるが作った船に乗り、新たな場所を目指して出発したのだった。


〈『ディメンションウェーブ4』へつづく〉

ヒーロー文庫

ディメンションウェーブ 3

アネコユサギ

2021年4月10日 第1刷発行

発行者 前田起也

発行所 株式会社 主婦の友インフォス
〒101-0052 東京都千代田区神田小川町 3-3
電話／03-6273-7850（編集）

発売元 株式会社 主婦の友社
〒141-0021
東京都品川区上大崎 3-1-1 目黒セントラルスクエア
電話／03-5280-7551（販売）

印刷所 大日本印刷株式会社

ISBN 978-4-07-447280-2